L'Atlàntida
Jacint Verdaguer

L' Atlàntida

Copyright © JiaHu Books 2014

First Published in Great Britain in 2014 by Jiahu Books – part of Richardson-Prachai Solutions Ltd, 34 Egerton Gate, Milton Keynes, MK5 7HH

ISBN: 978-1-78435-050-5

A CIP catalogue record for this book is available from the British Library

Visit us at: jiahubooks.co.uk

PROLEG

Excm. Sr. D. ANTONI LOPEZ

Muntat de tos navilis en l' ala benehida,
busquí de les Hespèrides lo taronger en flor;
   mes ¡ay! es ja despulles
de l' ona que há tants segles se n' es ensenyorida,
y sols puch oferirte, si 't plauhen, eixes fulles
   del arbre del fruyt d' or.

JACINTO VERDAGUER, PBRE.

INTRODUCCIO

S'encontran en alta mar un bastiment de Gènova y altre de Venecia i s' escometen en batalla. Sobrevé gran temporal y un llamp encen lo polvorí d' un d' ells, que, esberlantse, arrocegatambé l'altre al abisme. Soldats y mariners se 'n van á fons; sols ab prou feynes se salva un jove genovès que, abraçat ab un troç de pal, pot pendre terra. Un savi anciá que, retirat del món, vivia vora la mar, surt á rebre al náufrech; lo guia á un rústich altar de la Verge y tot seguit á sa balma, feta de branques y roca, ahont lo retorna. Dies aprés, veyent al mariner capficat mirant aquelles aygues, li conta llur antiga historia per distráurel del passat naufragi.

Vora la mar de Lusitania, un día
los gegantins turons d' Andalusía
veren lluytar dos enemichs vaixells;
flameja en l' un bandera genovesa,
y en l' altre ronca, assedegat de presa,
lo lleó de Venecia ab sos cadells.

Van per muntarse les tallantes proes,
com al sol del desert enceses boes,
per morir una ò altra á revolcons;
y roda com un carro 'l tro de guerra,
fent en sos pols sotraquejar la terra,
temerosa com ells d' anar á fons.

Així d' estiu en tarda xafogosa
dos núvols tot just nats, d' ala negrosa,
s' escometen, al vèures, ab un bram,
y, atrets per l' escalfor de llurs entranyes,
s' aixamplan acostantse, les montanyes
fent estremir al espetech del llamp.

Ab cruixidera y gemegor s' aferran,
com espatlludes torres que s' aterran
trinxant ab sa cayguda un bosch de pins;
y entre ays, cridoria y alarit selvatge,

ressona 'l crit feréstech d' abordatge
y cent destrals rosegan com mastins.

A la lluyta carnívora y feresta
barreja sos lladruchs negra tempesta
congriada á garbí soptadament,
y revinclades ones s' arrestellan
damunt les naus, que cruixen y s' estellan,
com un canyar dins esverat torrent.

L' espantosa abraçada més estrenyen,
y 's topan, se revolcan y s' empenyen,
acarades ses boques de volcans;
de l' hòrrida tormenta no s' adonan,
y escupint foch y ferre, s' abrahonan
á la gola d' abismes udolants.

Tal un racer de roures montanyesos
en temps d' estiu pe 'l llenyatayre encesos,
del huracá al ruflet devorador,
fa ressonar per conques y cingleres
plors y crits y grinyols d' homes y feres,
aspre gemech d' un petit món que 's mor.

Ofegant lo brugit de la batalla,
un llamp del cel espetegant devalla
de la nau veneciana al polvorí;
se bada y roda al fons feta un Vesuvi,
mentres romp la de Gènova un diluvi
d' escumes, foch y flama en remolí.

Cárrega y nau les ones engoliren,
y ab elles los taurons s' ho compartiren;
de mil guerres sols lo més noy roman;
entre escuma á flor d' aygua un pal ovira,
y, quant lo braç per amarrarshi estira,
altra onada 'l sepulta escumejant.

Mida l' abisme bracejant, y destre

ne surt muntat á un troç del arbre mestre
que gira hont be li plau com un corcer,
y al terbolí 's rebat de les zumzades,
com vell pastor al mitj de ses ramades
de banyagayres bous que abeura 'l Ter.

Los cetacis aflayran carn humana
que l' áliga de mar també demana,
fent parella ab lo corp; per tot arreu
l' escometen recorts del cataclisme;
á cada pas lo xucla un nou abisme;
¿qui 'l traurá de sa gola? sols un Deu.

Al cim d' un promontori que rosegan
les ones que á ses plantes s' arrocegan,
fugint del mon dolent la vanitat,
vivía un religiós de barba blanca,
del arbre del saber mística branca
que floría en la dolça soletat.

Llantia un día del mon, al cel suspesa,
l' enlluherná ab sos raigs, y en sa vellesa,
com per més bell renaixer mor lo sol,
deixat havía 'l món y ses corones,
y niá com alció sobre les ones,
de sa infantesa falaguer breçol.

Y quant de nits la tempestat brugía,
dant far als pobres náufrechs, encenía
la trèmula llanterna del altar;
y 'ls que ab ull ple de llágrimes la veyan:
—Ja som á port,—agenollantse deyan;—
vèusela allí l' Estrella de la mar.—

¡María! ella es lo nort del jove tendre
que, sentint en son cor la vida encendre,
ab més coratge rema y més delit;
y al raig creixent de la celistia hermosa,
veu de més prop la terra somiosa,

com verge á l' ombra d' un roser florit.

S' hi acosta pantejant, mira y remira;
mes ay! lo promontori que hi ovira
sembla un penyal per l' ona descalçat;
recula esferehit, com qui entre molça
d' un fresquívol verger, rosada y dolça,
ha vist un escorsó mitj amagat.

Desviantse ab molt greu de l' aspra serra,
cerca ab dalè més planejanta terra,
mes son cor jovenívol no pot més;
en ses venes la sanch s' atura y glaça,
y, l' esma ja perduda, al pal s' abraça,
sentintse caure de la mort al bes.

Mes alça al llantió l' ullada trista,
y á sa claror verda planicie ha vista,
per rèbrel, sos domassos desplegar;
rema d' ayre y, de sopte, amorosides,
fins l' ajudan les ones, enternides
de vèurel tant hermós agonisar.

Gronxantlo, com en braços de sirenes,
lo posan en blaníssimes arenes,
de jonchs y coralines en coixí;
quant, com ull amorós en gelosía,
d' entre 'ls cingles de Bética sortía,
per veure 'l mon, l' estrella del matí.

En lo sorral òu remoreig de passos,
y ¡oh santa Providencia! obrintli 'ls braços
lo venerable vell se li apareix.
- Vina, li diu; al primer raig de l' alba
te vull acompanyar á la que 't salva,
per qui la primavera refloreix. -

Un viarany, que 's clou entre falgueres,
los guía á un bosch d' alzines y oliveres,

del munt platxeriós turbant gentil;
hont veu, entre 'l brancatge que floría,
sota cortines d' eura y setelía,
d' un altar de la Verge 'l camaril.

Entra 'l náufrech al místich oratori,
y, fent d' un aspre tronch reclinatori,
cau als peus de l' Imatge de genolls;
y per ses galtes tendres y colrades
pe 'ls besos del Mestral y les onades,
corren de goig les llágrimes á dolls.

Dins un esquey, frontera á la capella,
una celda 's desclou, celda d' abella
entre 'ls braços molçosos d' un penyal;
allá de fruyt menjívol lo convida,
sobre jonça apelfada, encara humida
per la pluja batent del temporal.

Vora la mar semblava 'l cap de serra
lo mirador del cel sobre la terra;
un día que rodavan pel bell cim,
vehent lo vell al mariner pensívol,
lo crida á seure sota un roure altívol,
ahont no arriba 'l salabrós ruixim.

Y obrint lo llibre immens de sa memoria,
descabdella 'l fil d' or d' aquesta historia,
de perles d' occident pur enfilay;
y 'l jove, per qui Europa era poch ampla,
de l' ánima les ales més aixampla,
com l' áliga marina al pendre espay.

De mitj-día ab los raigs la terra envolta,
com vella 'ls fets de sa infantesa escolta,
y 'l mar, mitj adormit, aixeca 'l front;
tot barreja sa música al gran cántich;
lo vell semblava 'l Geni del Atlántich,
mes son gentil oyent era Colon.

CANT PRIMER
L'INCENDI DELS PIRINEUS

Exposició. Lo Teyde. Espanya naixent. La veu del abisme. Invocació al Déu de les venjances. Naix un gran foch entre Roses y Canigó, fent pastura de boscos y ramades. La maça de Roland. L' incendi abriga 'l Pirineu d'un cap al altre. Hèrcules s' hi acosta aprés de batre 'ls gegants de la Crau, y d' entre les flames trau á Pirene. Eixa diuli ser cap de brot de la niçaga de Túbal y reyna d' Espanya, tot just destronada per Gerió, qui per segarli mellor l' avantatge, veyentla fugir á la montanya, ha calat foch á ses boscuries. Pirene mor y Alcides li alça un mausoleo de roques al extrem de la cordillera, allargantla fins á la mar. Regalims d' or y d' argent que dels ruhents cingles baixaren á les planes. Conflent y Portvendres. L' hèroe se 'n baixa cap á Montjuich, ahont s' embarca, prometent fundar una gran ciutat al abrich d' aquella serra.

¿Veus eixa mar qu' abraça de pol á pol la terra?
en altre temps d' alegres Hespèrides fou hort;
encara 'l Teyde gita bocins de sa desferra,
tot braholant, com monstre que vetlla un camp de mort.

Aquí 'ls titans lluytavan, allá ciutats florían;
per tot cántichs de vèrgens y música d' aucells;
ara en palaus de marbre les foques s' hi congrían
y d' algues se vesteixen les prades dels anyells.

Aquí estengué sos margens lo continent hesperi;
quins mars ó terres foren ses fites, ningú ho sab;
lo sol, peró, que mida d' un colp d'ull l' hemisferi,
era petit per vèurel á pler de cap á cap.

Era 'l jou d' or que unía les terres ponentines
y, cor de totes elles, com font del paradís,
los dava clares aygues á beure y argentines,
y en sos immensos braços dormía 'l món feliç.

Per ella 's tranmetían, com per un pont amplíssim,

d' un maig etern en ales, ses críes y llevors,
aucells de ros plomatge de refilet dolcíssim,
dels aromers la flayre, canturies y tresors.

Rey n' era Atlas, aquell qui de la blava volta
los signes á una esfera de jaspi trasplantá,
y del sol y del astre que més lluny giravolta
la dança misteriosa y armónica esplicá:

Perçò, dels fills de Grecia la somiosa pensa
lo veya, com montanya, tot coronat d' estels,
y ajupit, sens decaure, davall sa volta immensa,
servant ab ferma espatlla la máquina dels cels.

En gegantesa y muscles sos fills li retiraren,
mes com un got de vidre llur cor fou trencadiç;
puix aprés que'ls realmes y tronos revoltaren,
també'l de Deu cregueren sería escaladiç.

Mes una nit bramaren la mar y 'l trò; de trèmol
com fulla en mans del Bòreas, l' Europa trontollá,
y despertada á punta de día al terratrèmol,
d' esglay cruixintli 'ls òssos, no veya 'l món germá.

Y assaborint lo tebi record de sos abraços,
semblava viuda dirli:—¡Oh, Atlántida! ¿ahont ets?
Com solía, ahir vespre m'endormisquí en tos braços,
i avuy los meus no't troban, d' esgarrifança frets.

¿Hont ets?—Y ¡ay! hont l' hermosa solía 'ls cors atraure,
lo pèlach responía:—Jo l' he engolida á nit;
¡feste enllá! entre les terres per sempre 'm vull ajaure;
¡ay d' elles! ¡ay! si m' alço pera aixamplar mon llit!—

Li carregá feixuga l' Omnipotent sa esquerre,
y 'l mar d' una gorjada cadavre l' engolí,
restantli sols lo Teyde, dit de sa má de ferre
que sembla dir als homens:—¡L' Atlántida era ací!—

13

Eix mástil del navili romput illes rodejan,
de Jezabel impura com rebatuts quarters;
quant al passar los segles sa gran desfeta vejan,
dirán:—¡Miráu hont para la vía dels plahers!

Fou lo gegant que pintan ab tot l' Olymp en guerra;
l' ixent sol ab sos braços tocava y 'l que 's pon;
y no content de estrenyer, com dintre 'l puny, la terra,
d' estels volgué pujársen á coronar son front.

Mes del Tronant brunzenta, derrocadora flama,
de sa escala de cingles sospesos l' estimbá
al mar bullent de sofre y ones de foch, hont brama,
retorcentse á la cárrega feixuga d' un volcá.

Y á tu ¿qui 't salva, oh niu de les nacions iberes,
quant l' arbre d' hont penjavas al mar fou sumergit?
¿qui 't serva, jove Espanya, quant lo navili hont eras
com góndola amarrada, s' enfonza mitj partit?

¡L' Altíssim! Ell, de náufrech tresor umplint ta popa,
del Pirineu, niu d' áligues, t' atraca als penyalars,
dessota 'l cel més blau, derrera eix mur d'Europa,
y al breçoleig, com Venus, de dos rihentes mars.

Perço de les riqueses lo Deu en tu posaren
los grechs, entre argentífers turons vehente florir;
mellor que 'l d' or de Colchos preuhat velló hi trobaren,
y á Homer dares l' Elíseu y á Salomó l' Ofir.

De l' Atlántida al vèuret hereva, en son enterro
los pobles que 't festejan digueren:—¡Ella ray!
¿què importan á l' abella los troços de ton gerro,
si, flor dels vinents segles, los quedas tu?—Mes ¡ay!

Quant l' huracá ab ses ales remou lo negre abisme,
jo sento, entre 'l diálech dels mars, sa fonda veu,
tètrich gemech que encara li arranca 'l cataclisme,
y á les terres que foren germanes crida:—¡Adeu!

14

Fuy la major de totes, podría dirvos filles;
Europa entre madrèpores dormía allá al pregon,
lo Caucas y Apenins eren rengleres d' illes,
y ja l' Abril cenyía de roses lo meu front.

He vist d' un llit de perles alçar Nápols é Iberia;
he vist Sahara, Grecia y Egipte al fons del mar;
l' onada he vist que 'm colga jugar sobre Siberia,
y, espinada d' Europa, los Alpes eriçar.

Geganta jo, engrapava com má de Deu la terra,
ab l' Atlas, Serra Estrella y 'ls Pirineus per dits,
y un vespre, obrint ses boques, l'abisme fosch m' enterra,
los elements tots quatre dançant sobre mos pits!

¿Y vosaltres? vosaltres, la mar que us embolcalla
llançau á mes espatlles, badant los ulls al sol;
vostres bolquers d' escuma me dareu per mortalla,
com orfanets de mare rihent en lo breçol.

¿Què val ara que mostre Plató diví á l' historia
mon nom escrit ab astres del cel en lo llindar
si ja de mi perdéreu, ingrates, la memoria,
¡mes ay! y 'm bat per sempre l' immensitat del mar?—

¡Senyor de les venjances, donáu alè á mon cántich,
y diré 'l colp terrible que, rebatentla al fons,
feu desbotar als amples Mediterrá y Atlántich
    per desunir los mons!

Al temps que 'l gran Alcides anava per la terra,
tot escombrantla ab clava feixuga, arrèu-arrèu,
de borts gegants y monstres que á Deu movían guerra,
en flames esclatava nevat lo Pirineu.

Desde hont lo sol al náixer ja daura ses boscuries,
ab brams y cruixidera l' incendi, á coll del torb,
duya sos rius de laves á Roncesvalls y Asturies,
sens ésserli congestes, torrents, ni colls, destorb.

Apar serpent immensa, d' escata vermellosa,
que á través de l' Europa, d' un mar á l'altre mar,
respirant fum y flames, passás esgarrifosa
son cabell de guspires y foch á rabejar.

Y avant, ronca, assahina y udola, ab sa alenada
cremant com teranyines los núvols del hivern,
de cingle en cingle, passa les valls d' una gambada,
vessanthi com un cráter les flames del infern.

Tot cabdellant arbredes, penyals del cim rodolan,
rost avall freixes cruixen y faigs esbocinats,
y la fumera y flames amunt se caragolan
ab quera y pols dels rònechs alberchs enderrocats.

Al veure que ses llágrimes no poden apagarlos,
girantshi s' escabellan y fugen los pastors;
al llur derrera belan anyells, y, sens tocarlos,
fugen ab ells los ossos y llops udoladors.

Així 'n fugía 'l moro, quant ab un riu de ferro
aquells turons nos duyan lo crit del brau Roland;
ensemps que ab l' amenaça de mort y de desterro,
son mall volá hont Esterri l' aguayta tremolant.

Ni á l' áliga li valen les d' or potentes ales;
prop del cel, hont s' enlayra com á penjarhi niu,
l' aixalan rojes flames, y cau, y ab les cucales
y cisnes de les aygues les cou l' incendi viu.

Branca d' un torb de brases arrasador, estanya
la conca ab sos vilatges, la serra ab sos pinars;
fins les marines vores, franja d' argent d' Espanya,
les renillantes ones pledejan á les mars.

Teixons, isarts y daynes per la drecera empayta,
pel clot s' entortelliga, bota del plá al turó,
al devallant cabuça lo còdol que hi aguayta,
i se 'l en dú per ròcech fet cendres y carbó.

Y 'l que entre Espanya y França torreja, mur de roca,
de neu y de tempesta vestit, com braç de Deu,
de l' estrellada tenda los blaus damassos toca,
muntat d' altre de brases horrible Pirineu.

Apar que la serp monstre, per estrafé' un cometa,
s' enarborás ab ales d' incendis al cel blau,
ò que, al assalt pujanthi, s' hi fessen esqueneta
escardalenchs dimonis, rebuig del negre cau.

De gom á gom quant s' umple l' espay de fumarel·la,
y 's fon d' un cap al altre la serra de cremor,
sota 'l mantell de flames que l' huracá flagel·la,
la terra adolorida gemega com un cor.

En tant, del Ròse vora les aygues, apedregan
al héroe grech deformes y rabaçuts gegants;
sota quiscun dels còdols que á bell ruixat li enjegan
podrían soplujarshi ramada y rabadans.

Lo creuhen ja entre penyes colgat, com en sa fossa,
quant del enuig la flama llampeguejá en son ull,
y ab quatre colps de clava, los volca y los destroça,
com terroceda d' aspre goret lo pas del trull.

Llavors al gran incendi, rabent endreça 'ls passos,
rojench damunt los núvols vehentlo crestejar;
y ohinthi plors y xiscles, hi fica 'ls nusos braços,
fent als pastors y pobles d' espasme tremolar.

De Canigó entre 'ls cingles un xaragall se bada,
per esvarzers y roques cayentes aclucat,
hont d' una al altra 'l foch, en gegantina arcada,
com l' alt pont del Diable, s' havía escamarlat.

Sols lladoners en brasa rodanthi hi cohetejan,
bell rastre de guspires deixant y flamareig,
mes tot seguit á l'aygua del córrech xiuxiuhejan,
y tristos ays responen de l' ona al borbolleig.

Pirene, lluny dels homens, vivía allí, dels ossos
y llops en lo feréstech, rellent amagatall,
sobre un roch, mal coberta d' un mant de cabells rossos,
de por y esgarrifances fent lo derrer badall.

Del bosch de flames mústiga la trau, com vera rosa,
que anyora trasplantada son marge regadiu,
y tant bon punt d' un sálzer al dolç frescal la posa,
colltorcentse esllanguida:—¡Jo moro ací!—li diu.

—Y á tu que entre les ales del cor m' has acullida,
d' Espanya que tant amo vullte donar la clau,
d' eix hort del cel que en terra te guarda una florida
d' amor, si tráurel d' urpes tiraniques te plau.

Encara aixamoravan los puigs ses cabelleres,
que destrená 'l Diluvi dantlos la mar per vel,
y ja, oblidantsen l' home, hi obría grans pedreres,
alçant vora l' Eufrates l'altívola Babel.

Á sos palaus l' Altíssim vehent posar escales,
de confusions enrotlla la torre del orgull,
y, com sol la covada d' aucells al posar ales,
los primers pobles deixan llur niu ab gran esbull.

Del món quiscú á sa branca volá: Túbal á Espanya,
dels regnes de son pare triant lo més feliç,
y, ahont jau Tarragona, bastia sa cabanya,
sos camps y ribes fentli recorts del paradís.

Doná lleys á sa prole y ensenyaments pesquéli
salvats al sí de l' Arca del naufragi major;
lo nom d' un Deu Altíssim en l' ánima escriguéli,
naixentes endreçanthi les ales del seu cor.

De mans en mans, pe'ls segles rodant lo ceptre aurífich,
vingué á les del meu pare volgut; quant, per mon dol,
la mort tirana 'l treya de trono tant magnífich,
podia á rellevarlo baixar lo mateix sol.

Mes sola jo restantli de sa real niçaga,
á Espanya ve, com á arbre caygut un llenyater,
Gerió de tres testes, dels monstres lleigs que amaga
la assoleyada Libia, lo més odible y fer.

Lo ceptre 'm pren dels avis, vehentme débil dona,
y á Gades mercantívola ab torres enfortí;
al dárten de més fermes á tu, immortal Girona,
sabé 'l congost hont, vehentme perduda, m' amaguí.

Tement pot ser que 'l trono li reprengués un día,
cremá, pera abrusarmhi, les selves del voltant;
y al veure clos lo rotllo de flames, pren la vía
de Gades, ab ses vaques feixugues tot davant.

¡Espiro! De ses viles y sos ramats so hereva:
si 'ls vols, jo t' en faig gracia; suplántal amatent;
revenja 'l nom de Túbal y sa corona es teva;
¡així en ton front la faça més gran l'Omnipotent!—

Digué, y la mort, ab freda besada geladora,
li empedreheix y deixa per sempre 'l llavi mut,
y vora 'l sech cadavre lo grech sospira y plora,
com arbre á qui ses branques florides han romput.

Mes ja al incendi rojes esclatan les montanyes,
y per esqueys y balmes, filera de volcans,
foragitan los fosos tresors de ses entranyes,
que copçan en llur falda les planes verdejants.

Y rajan fins á escórres les abocades urnes
en rierons aurífers de virginal rossor;
per ella 'l cel, al vèureshi rublert de fum y espurnes,
daría la dels astres que lluhen en son cor.

Al desferse á madeixes de gebre lo litarge,
a flochs de groga escuma s' hi barrejá l' or fi;
y devallan, per l' iris guiats de marge en marge,
com nins, á fer joguines pe 'l catalá jardí.

Així, al traure florida lo romaní y la malva,
per la quintana 's vessa d' un buch rosada mel;
rihent al deixondarse lo sol darrera l' alba,
així enmantella rossa sa cabellera 'l cel.

Los munts s' en feren faixes, les valls s' en coronaren,
vergonya fent als trèmols estels sa brillantor;
los rosers d' altra pluja de roses s'enjoyaren,
la farigola y grèvol d' una rosada d' or.

La pirenayca Venus anomená á Portvendres,
l' abrasador incendi al Pirineu antich,
y, en conca d' esmaragda lo líquit verge al pèndres,
doná nom á Conflent encara més bonich.

Quant los llevants plorosos anaren la montanya,
ab llurs arruixadores de núvols apagant,
posá en son cap, que al naixer l' albor del día banya,
les cendres de Pirene, que anyora son cor tant.

Y esmarletant de timbes y grops aquelles terres,
escrestant les montanyes, llevant als puigs lo front,
un mauseol alçáli de serres sobre serres,
que mal arrestellades fan gemegar lo mon.

Desde esta gesta d' Hèrcules, ma dolça Catalunya
d' altre castell de roques seure pogué á redós;
de la vehina França dormí Espanya més llunya,
fins al mar allargantse lo Pirineu boyrós.

En eix treball de cíclop la set lo desdelita,
y ab sanch pera abeurarse de Gerió enemich,
pe'ls vessants, que groguejan ab l' or d'altra cullita,
fet un lleó, devalla de Creus á Montjuich.

Allí, al altar de Júpiter humil agenollantse,
orá, y, á les onades aprés girant los ulls,
llisquívola una barca veune venir gronxantse,
com cisne d' ales blanques que nada entre 'ls esculls.

20

Una ciutat fundarhi promet, á sa tornada,
que esbombe per la terra d' aquella barca 'l nom,
y, com un cedre al vèurela crescuda y espigada,
—D' Alcides es la filla gegant,—diga tothom.

Per ella, no debades, al Deu potent de l'ona
demana la fitora y á Júpiter lo llamp;
puix si la mar lligares ab lleys, ¡oh, Barcelona!
llampechs un día foren tes barres en lo camp.

CANT SEGON
L'HORT DE LES HESPERIDES

Tarragona. Les boques del Ebro. Los Columbrets. Valencia y
Montgó. La coltellada de Roland. Lo Muley-Hacen. Desembarca
l' hèroe, y Gerió, per desfersen, li parla de la reyna Hesperis y
del brot de taronger que cal presentarli qui la pretinga per
esposa. Descripció de la Atlántida. L' hort de les taronges d' or.
Hèrcules matant lo drach que vetlla 'l taronger, n' abasta 'l
cimeral. Les set germanes recordan plorant que al morir Atlas
los doná per signe de les derrerías de sa patria la mort del
drach. Recort de la anada triomfal dels Atlants á Orient. Llur
desfeta. Mals auspicis d' elles.

S' embarca, y prompte al vèurel passar Tarraco antiga,
tanca 'l vell mur que 'ls cíclops li daren per cinyell,
y abraçada ab la llança y escut, sembla que diga:
—¡Son de colós sos muscles, mes jo 'm batría ab ell!

No tem de les cinch boques del Ebro 'ls glops enormes;
y 'ls Columbrets al veure més lluny enmarletar,
pregunta á sa arma fèrrea si aquells gegants deformes
que deixá morts en terra li surten dins la mar.

Veu més enllá la riba fructífera del Turia,
garlanda avui flayrosa de la ciutat del Cid,
y diuhen que en les illes ohí dolça canturia,
com si 'l cridassen ninfes d' escumes al seu llit.

Deixa 'l Montgó de cara ferrenya, y la montanya
que en dues mitjpartí la espasa de Roland,
de Murcia y Almería los cims, y, rey d' Espanya,
Muley-Hacen l' altívol, de neu ab son turbant.

Prop d'hont encaixan África y Europa, en terra salta,
y á empendre vola en Gades á Gerió vaquer,
qui, esporuguit al vèurel venir ab la clava alta,
als peus agenollántseli, li parla lausenger:

—Mira, áliga dels hèroes, les llágrimes que ploro;
y ¿ta derrera gesta será matarme á mi?
ja arronso espatlla; atúrala, si 't plau, la má que adoro;
si 't fes goig ma corona de rey, vètela aquí.

Mes d' or eixa corona vindrá al teu front poch ampla,
que de gegant com Hèrcules cap més la terra 'n du;
¿veus á ponent l' Atlántida per rèbret com s' aixampla?
ella es ton soli digne, sols ella es gran com tu.

Hesperis, que n' es reyna gentil, s' es enviudada,
y espera un cor que vulla lo seu aconhortar:
quant d' eixa palma tastes la fruyta regalada,
dirás:—¡Á la seva ombra deixáume reposar!—

Mes cal (açó li deya socavantli una fossa)
cal que, per ferli oferta plasent, del taronger
que entre esmeragdes mostra sa fruyta d' or més rossa,
n' arribes de puntetes lo cimeral á haver.

Després, quant la rumbejes la flor de la bellesa,
per vèureus, fins son carro parar al sol veurás.
Llevant dona sa força, Ponent sa boniquesa;
que 'l cel te benehesca, llevor que 'n sortirás.—

Veu lo parany Alcides, mes al de Gades deixa,
y, verdejant, l' atlántica planicie ovira lluny,
y 'ls ordis rossejarhi y esgroguehida xeixa,
com pèlach d' or que entre arbres y rebollám s' esmuny.

No hi há sorrenques vores, ni rònegues carenes;
tot l' herba ho encatifa, rosada á bla ruixim;
gronxanthi entre lianes de nuadices trenes
la palma escabellada son ensucrat rahim.

Encinglantse, la cabra esbrota un olm menjívol
desde un cayrell de timba penjada sobre 'l riu,
y 'ls bissonts s' arramadan, ab ayre germanívol,
dels llimoners y mangles al regalat ombriu.

Cervos gegants rumbejan ses banyes d' alt brancatge
que pren l' aucell per arbres d' excelsa magnitut;
astora les gaceles lo mastodont selvatge,
y als mastodonts esglaya lo corpulent mammuth.

Lo Pirineu y l' Atlas, titániques barreres
ab qué murá l' Altíssim dos continents fronters,
agermanats embrancan aquí ses cordilleres,
dant al condor neus altes, al rossínyol vergers.

Semblava que, geloses, del món á la pubilla,
Europa y Libia dassen, com noys petits, lo braç,
y que ella, al foch del geni, estel que al front li brilla,
amunt, per la escalada dels segles, les guiás.

Guadiana, Duero y Tajo, que l' or y plata escolan
vessants de les planicies d' Iberia á grossos dolls,
per llits de pedres fines anguilejant rodolan,
y dauran y perlejan deveses y ayguamolls.

Ab líbiques rieres s' aplegan en llurs víes;
ab lo Riu-d'-or cabdella ses aygues lo Genil;
y si du aqueix de Bètica remors y melodíes,
dunhi l' altre de Costa de Palmes y Marfil.

Vestida, enmirallantshi, de pòrfir y de marbres,
entre 'ls dos rius, com feta de borrallons de neu,
mitj recolzada al Atlas, y á l' ombra de sos arbres,
del Occident cofada la Babilonia seu.

Allá d' allá, per entre falgueres gegantines,
de sos menhirs y torres blanqueja l' ample front,
de marbres sobre marbres pirámides alpines
que volen ab llurs testes omplir lo cel pregon.

De sos immensos regnes la mar no ha vist l' amplaria,
y dormen tots á l' ombra del seu gegant escut;
y Tangis, Casitérides, Albion, Thule y Mel·laria
per cada riu envíanli barcades d' or batut.

Mes, ¡quí ho diría, al vèurela tan bella! en sa platxería
lo cranch d' un pecat negre va rosegantli 'l pit,
y entre 'ls humors corruptes que 'n brollan y materia,
demá lo sol debades la cercará en son llit.

Vers l' hort, per odorífers boscatges, s' obre vía,
los brúfols y ferotges lleons fugint de por;
quant riu á ses espatlles tercera volta 'l día,
de llum vestit se lleva l' oasis de verdor.

Y fentli de corona, ja hi veu, abans de gayre,
les d' or oviradores taronges groguejar,
com si brillant quiscuna fos altre sol que en l' ayre
sortís de les onades lo món á enlluhernar.

S' hi acosta entre bardices de murtra, y ja sos polsos
los ayres apetonan migtj embeguts de mel;
de bla fullatge y aygues murmuris s' ouhen dolços,
y veu descloure en plujes de pedrería un cel.

Los cinamoms á rengles y poncemers altívols,
al dolç pes ajupintse de llur novella flor,
de dos en dos s' acoblan, en portxes verts y ombrívols,
hont guayta 'l raig de l' alba per reixes de fruyts d' or.

Los cirerers s' hi gronxan, de flors viventes toyes
ahont vessaren tota sa flayra Maig y Abril,
y 'l fruit ja vermelleja fent goig, entre les joyes
que s' enfila á penjarhi d' un cep toria gentil.

Rieronets hi lliscan y fonts arruixadores,
llurs aygues adormintse sovint entre les flors,
mentre eixes mitj-desclouhen los llavis á ses vores
per dar á les abelles lo nèctar de sos cors.

Los brolladors escupen un riu per brochs de marbres,
y esbrinadíç al ploure lo ram de fos argent,
jugant l' iris corona lo cimeral dels arbres,
y 's veu entre ses tintes més blau lo firmament.

Cascades mil esqueixan ses ones de bromera
per escalons de pòrfir y balmes de cristall,
y estols de blanques ninfes desfan sa cabellera
pe'ls remolins d' escuma, seguintlos riu avall.

Pe'ls riberenchs herbatges, com un ruixat de perles,
festívol saltirona l' aucell del paradís;
oushi glosar joyosos sinsonts y esquives merles,
y á estones gemegarhi lo tórt anyoradiç.

Y, lires del Eden, los rossinyols li diuhen
que de sa branca á l'ombra li placia reposar;
y nins, bells com los ángels que ab ells jugan y riuhen,
fent toyes y garlandes, l' en tornan á pregar.

Com qui no ho sent, Alcides á ferse endintre cuyta,
vers hont flayrós lo crida de fulles ab rumor
lo taronger, que sembla, groguíssima, ab sa fruyta,
tot un cel d' esmaragdes ab sa estelada d' or.

Refila, sota arcades de fulla, ab lira dolça,
balla y presum d' Hespèrides lo tendre poncellam,
joguineja ab cireres y pomes per la molça,
y ¡juli! á salts abasta taronges del brancam.

De jesamí y vidalba derrera un cortinatge,
sa mare, per llentiscles en flor encobertats,
prop del seu buyt, guarníals set llits de nuviatge,
pus de boda ab adreços ja arriban sos gojats.

De sopte en ses joguines y riure infantívol,
d' un lleó ab la despulla cobert al hèroe han vist;
son pit d' atleta, y ayre guerrer y pagesívol,
ensemps que les encisa les deixa ab lo cor trist.

Lo cimeral del arbre per abastar, s' hi atança,
quan llest descaragòlas lleig drach d' ulls flamejants,
y en roda la gran cua brandant com una llança,
tantost ab gorja y urpes li copça abdues mans.

Ell, sortejantlo, aixafa d' un colp de peu sa testa,
y 'l monstre deixa caure ses ales y son vol;
sanchnós verí espurneja les flors, y sa feresta
mirada va apagantse com llum d' un sech gresol.

Morint, al tronch del arbre se nua y caragola,
á cada revifalla fentlo cruixir d' arrel;
quant veuhen les Hespèrides que fil á fil s'escola,
llur crit de verge s' alça planyívol fins al cel:

—¡Ay, Atlántida trista! ¡mes ay de qui 't diu mare!
¡que si veyem lo día renaixer será prou!
pus, mot per mot, l' auguri se va cumplint del pare,
que ab sos Atlants, sa patria, sos deus y tot conclou.

«Forem gegants,» morintse, digué; «nostra alenada
feu suhar á la terra de por y ploure sanch;
la coma que aturarnos volía es arrasada,
y 'ls boscos y mar ample no 'ns eran entrebanch.

»De Libia arrabaçárem Harpíes y Amaçones,
per ella esparverantles com á pardals esquerps;
tenyírem sos saulons ab sanch de les Gorgones,
garfint per escapçarles son dur cabell de serps.

»Los Pirineus, los Alpes, los Apenins rompérem;
quant de carnatge y guerra lo cor nos digué prou,
¡pobretes!, ja á l' Europa y á l' Africa tinguérem
á nostres peus junyides, com dos vedells al jou.

»Fins al cim: mes al ésser al cap damunt tot tomba!
A foch y á sanch Atenes arrámbans cap ençá,
y al vèurens de recules, l' Atlántida, com tomba,
dessota nostra fèrrea petjada ressoná.

»S' aterra 'l meu imperi que n' aterrá tants d' altres!
Aquell que á nostres passos se desvetllá en orient,
ab nou alè de vida, de mi y de tots nosaltres
dará les cendres, ossos y anomenada al vent.

»Demá 'ls clapers y dolmens que nostres mans alçaren
no sabrán dir, com borda fillada, vostre nom;
sols respondrán «som rastre d' uns gegants que passaren,»
als segles que demanen d' hont eram y qui som.

»Y al ferse esment de sabis, de forts guerrers y destres,
se girarán un día los ulls á sol-ixent,
y oblidarán, fent gloria d' inspiració, 'ls nous mestres
que alguns astres del món sortiren d' Occident.

»Mes no: la mar que 'ns colgue, ab aspre y ronch llenguatge
esbombará pels segles la gloria dels Atlants,
los que á Egipte deixárem del món en lo mestratge,
pus ans de Grecia naixer eram ací gegants.

»Quant un hèroe, alt d' espatlles y cabellera rossa,
d' un colp de peu engrune lo guayta del jardí,
llavors per tots vosaltres s' aixamplará ma fossa.»
¡Ay! lo guerrer que 'l pare preveya, vèusaquí!

Vèusel aquí; t' arriba, t' empren lo llenyatayre;
oh atlántica niçaga, coménçat d' esbrancar;
món que sahó li donas, no li 'n darás pas gayre,
que al arbre y tu, á ran soca, de terra us ve á tallar!

Que 'l pare hem vist en somnis, l' hem vist com enjegava
al hort, d' hont eram roses, los poltros de Neptú,
mentre eix Deu, ab forcívol trident lo descalçava.
Es somni, mes ses timbes y platja cruixen pu!

¡Mare! penjau d' un sálzer la lira als vents y oratge,
que á l' ombra regalada no hi dançarèm pas més;
no enrameu nostres tálams de murta ab lo fullatge,
puix ¡ay! allí 'ns espera la mort per da'ns un bes.—

CANT TERCER
LOS ATLANTS

S' aplegan dins lo temple de Neptú. Rahonament del primer
cap-de-colla. Sos mals auguris. Demana, als qui arriban de
llunyes terres, quines noves duhen al collotge. Un, que ve de les
encontrades de Ponent, respon haverles mitj abrigades un braç
de mar. Altre, tot just vingut d' envers Tule, ha tret un mal
pronòstich de les aurores boreals. Entra de sopte un Titá que
arriba pe'l camí de Mitj-dia, y, tremolós encara, conta haver
escapat d' una espasa de foch que abrusá á sos companys. En
això estant, senten mòure 'l temple en terratrèmol, ensemps
que un llamp escapça la imatge triomfal de Neptú. Ouhen lo
clamor de les Hespèrides, y, fent arma dels arbres y columnes
del atri, escometen á Hèrcules, Gran combat.

De roques sobre roques son les parets gegantes
del temple, hont los Atlants enrotllan á Neptú,
altívols com los roures y alzines bracejantes,
que semblan dir al cingle:—Som tan ferrenys com tu.—

Allí, per esposarles ab sos més braus sotmesos,
esperan ses germanes, les del mirar de cel;
de sopte, á un mal auspici, com de cent furies presos,
á llur cridoria 'l temple se torna altra Babel.

S' en alça un que es del ángel caygut imatge viva;
d' humana recordança son nom esborrá Deu;
del temple immens les brèdoles, ahont sa testa arriba,
tremolen á la forta tronada de sa veu:

—Titans: quelcom de témer espera ab por la terra
que no podrèm tal volta contar á nostres fills;
apar que avuy la torra de nostre orgull s' aterra,

y sota 'ls peus trontolla lo món d' hont som pubills.

Los núvols en figura d' espectres nos ho diuhen;
ho cridan les tempestes ab xiscles y gemechs;
estels ab cabellera de foch pe'l cel ho escriuhen,
entrellaçantla ab lletres d' espurnes y llampechs.

Lo cel veig en feréstegues bromades arrugarse,
mostrantse, com entre ales de corbs, á claps á claps;
la terra veig, glatintnos, á nostres peus badarse,
y cáurens la corona, poch testa en nostres caps.

Á mitj esbadallarse les flors se musteheixen;
passant les aucellades abans de la tardor,
se dolen, com d' un cástich fugint que no 's mereixen,
y, al vèureho, qui seguirles no pot esclata en plor.

Sols junt ab la xibeca la gralla alegre 's mostra,
diuhen que 'ls rius s' en tornan enrera, y que un infant,
al veure d' aqueix día la llum en terra nostra,
ha reculat al ventre, de por esgaripant.

Y ¿què 'ns caldrá á nosaltres? ¿seguir la rierada,
ò contra 'l fat empenyer la barca á vela y rem?
¿dels massa crèduls ríurens, ò fer ab ells llaçada?
Titans de cor de roure, digáume: ¿què farém?

Abans, quín vent os porta, contáu. Tu que la vida
prop del llit d' or del astre del día escorre veus,
¿per qué, dígam, deixares tos camps d' herba florida,
que á mustehir no basta l' alè de tots los deus?

—Tenía un fill,—respon,—com datilera
que breça 'ls colibrís en primavera;
un día 's caragira contra mi:
y, de bon ayre y ben plantat com era,
la vida li arranquí.

Posí son cos dins una fonda balma,

ab fulles abrigat de ceiba y palma,
perque 'l *Zemí* del cel no me' l vegés;
mes ¡ay! del esperit la dolça calma
    ja no 'm torná may més.

Mos ulls aquella nit ¡ay! no 's clogueren;
entre caobes y mameys vegeren
dos altres ulls en la blavor dels cels;
«Pare, dormiu, mes filles me digueren:
    dormiu, son dos estels.»

«No son estrelles, no, filles hermoses;
aqueixes son del alt jardí les roses,
y aquells son ses espines pe'l meu cor.
Dormiu vosaltres, ¡ay! poncelles closes
    al somni del amor.»

¡Ay! eran ulls de aterradora ceya,
y llur ullada escorcollantme 'm deya:
«¿Ton fill, ton fill hermós, com no es aquí?»
He vist un braç que d' entre 'ls núvols queya,
    ¡era 'l braç del *Zemí!*

¡Perdó! diguí sortintme de la hamaca,
quan ressona son crit en ma barraca:
«Dins la balma del crim la mar hi bull;
de tot quant veus, per esborrá' eixa taca,
    ni 'n restará un escull.»

Digué: y ja de la cova 'l mar eixía,
y d' aygua y manatins l' herbatge umplía;
jo, fugintne, 'm girava al nadiu lloch;
ja cabanyes y selves no hi havía;
    ja vall, ni cims, tampoch.

D' Haytí la cordillera, que 'l cor ama,
en illes es trencada; de Bahama
lo bell pahís, d' arenes es un banch;
y encara famolenca la mar brama

venint; ¡pot ser l' aclama
la meva olor de sanch!—

Parla un que vora Tule gelada 'l sol anyora:
—També és ¡ay! de diluvi l' auguri que vegí;
vegí á Llevant esténdres la boreal aurora,
en flochs vermells y rossos trenats, y brins d' or fi.

Y, com l' ona arrocega les perles y petxines,
desencastar semblava y endúrsen los estels;
mes tot plegat, llançantlos com flors entre ruines,
grans signes de malastre borronejá pe'ls cels.

Atlants, ¡ay! de vosaltres; mes ¡ay! de vostre imperi
que, com lo sol, devalla de son mitjdía al mar;
açò que 'ls cels nos diuhen ab llengues de misteri,
malalta en sos desvaris, la terra ho diu ben clar.

He vist d' infants y vèrgens horribles sacrificis,
he vist á l' ignocencia del negre crim als peus;
arreu les viles, fetes encant de tots los vicis,
y aqueixos dins lo temple robar l' encens als deus.

He vist en la disbauxa noys tendres revolcarse,
los pares traure á vendre llur fill, del avi trist
los nets com d' una cárrega feixuga descartarse,
y l' un germá del altre bèures la sanch! he vist...—

L' interrompé un Titá de la natura esguerro,
que, guerxo y d' estrafeta figura, 's veu entrar;
y esblanquehit, com mort que fuig de son enterro,
del temple per les tombes son crit fa ressonar.

—Vora África ab mos hèroes á nit m' endormiscava,
quan veig colossal Geni baixar del firmament;
cubría sa ombra l' Atlas, y ab un llamp que brandava
del Simoun en ales, fería á tot vivent.

Ja á mi m' empedrehía, quant diu, girantse enrera:

«En eix blat del diable no cal oscar la fauç.»
Me deixondí; lo rúfol fantasma ja no hi era;
mes sols un llenyer d' ossos restava de mos braus.—

Sa veu pe'l temple encara retruny, quant á l' altura
lo carro sotraqueja dels trons aixordador;
ab tremolor estranya responli la natura,
y al ventre de les mares ressona angèlich plor.

De prompte á un terratrèmol, que 's juny ab la tempesta,
l' ídol s' ensorra en grífol d' aygua llotosa y sanch,
ensemps que ¡estrany prodigi! li lleva un llamp la testa,
á troços y ennegrida fentla rodar pe 'l fanch.

A sa claror rojenca ¿que veuhen, puix s' ajupen?
veuhen fantasmes tètrichs passar en reguitzell,
entre ombres de llurs avis, que ab fástich los escupen
al front, marcat ja ab taca del infernal segell.

Mes ells, sens despitar, estrenyen lo col·lotge,
y, brètols, escateixen si ferhi res los cal,
si alçar á pes de braços de terra 'l deu ferotge,
ò enfonzarlo, de tráurel, puix, creuhen no s' ho val.

En açò arriba al temple lo crit de ses germanes;
arranca un d' ells, sacrílech, lo trident á Neptú,
los altres, á bocins, pilars ò barbacanes,
y al encontre d' Alcides apar que 'l vent los du.

Los fills de les montanyes s' hi lligan, seglars roures,
com ells de bona saba, d' arrel arrabaçant,
y abets que vergacejan los núvols al remòures,
com braços de la terra lo cel abrahonant.

Altres més vells ne surten á glops de les cavernes,
brandant armes de pedra y ossades de mammuth;
ab fam deixan del antre pregon les nits eternes
aixís que han la flayrada d' humana carn begut.

Lo matador de monstres que, de gegant á passos,
escometía á Hespèris, duhentli 'l brot florit,
se veu trabat; sos braços se nuan ab llurs braços,
y un bosch d' enceses armes va á fèndres en son pit.

Mes ell, com entre brèvols canyiços, s' hi obre via,
la clava de terrible maneig descarregant,
que, ab set de sanch, incendis y llágrimes sentía,
en sa espatlla ferriça, com ella bategant.

¿Heu vist al huracá que escombra cel y terra
llevar la neu, boscuries y rochs als Pirineus,
y, en revolví al endúrsels ab algun cap de serra,
fer remuntar les aygues d' un riu fins á ses dèus?

Tal l' hèroe, al rompre aquella maror armipotenta,
s' engolfa en les onades á colps de ferro cru;
y fort y ferm oposa la seva á llur empenta,
com nau que á un abordatge presenta 'l pit tot nú.

Allá aboca ses ires; hont més arreu pot batre,
empeny, romp y arrocega com estimbat torrent;
los guerrers de cap d' ala cauhen de quatre en quatre;
lo rebuig, com espigues de blat, de cent en cent.

Així, arranant sa dalla, la Mort ajau sa messa;
á cada colp que venta n' hi há de menys un clap;
ab sanch dels fills l' Atlántida s' abeura, y, á la fressa
dels crits, ferir y caure, tremeix de cap á cap.

CANT QUART
GIBRALTAR OBERT

L' hèroe, empès per una força sobrehumana, gira espatlles á sos
enemichs. Planta vora Gades lo brot de taronger. Se 'n puja á
Calpe, montanya que, capçal de la Atlántida, lligava la Europa ab
la África. Al obrirla á colps de clava, veu esser l' Exterminador
qui mou son braç. L' Angel, irat, li fa veure 'l combat dels
elements contra la gran víctima. Son crit de venjança. Dalt, al

fons del cel, l' Altíssim condemna la Atlántida á ser esborrada
del món, y á aqueix á ser trocejat en continents. Hèrcules entra,
junt ab la mar, en la terra damnada..

Mes ja de les guspires d' inspiració que hi volan,
al front del hèroe envían la més hermosa 'ls cels;
com de florides branques, que als passarells breçolan,
una flor cau que fora germana dels estels.

Entre rouredes d' armes y punys batents s' escorre,
la clava corsecanta tot carregantse á coll;
traspassa 'ls rius, tramonta les serres á més corre'
fins que dels camps de Gades trepitja 'l sech rostoll.

En un marge, que ombrejan palmes reals, s' atura,
tendre encara, á plantarhi lo brot de taronger;
y, á correcuyta anántsen,—Una altra má més pura
te regue y cuyde,—diuli;—puix jo tinch altre afer.—

Lo sol besa, aclucantse, dels puigs la cabellera,
que arrancará, per férsen molçós coixí, la mar;
apar llantia espiranta damunt la capçalera
d' un gegantí cadavre que van á amortallar.

Llavors lo freu no hi era; lo braç ab que encaixara
Bètica ab Libia era aspra renglera de turons,
ciclòpea cadena, de que son caps encara
de Gibraltar y Ceuta los dos altívols monts.

Ab ella l' Arquitecte diví fermá tes ones,
Mediterrá, que esquerpes sortían de ton llit,
per corre' á un mar més ample, lleons vers ses lleones,
que ab sa platja forcejan frisoses á llur crit.

Eix mur ò restellera de cingles era Calpe;
los Pirineus no foran més aspres ni majors,
si, enamorat d' Espanya, vingués á seurhi l' Alpe,
atret, com les abelles, pe'l riure de ses flors.

34

Mes está escrit: un vespre, del mar la cadireta,
sols per rentar l' Atlántida d' un crim, s' aixecará,
y per penjar al sostre son niu, una oreneta
no trovará en tota ella prou terra l' endemá.

Sos turons, que, com arbres de nau en lo naufragi
caurán romputs, tremolan á cada sol ponent;
y avuy, com si á cumplirse vingués un mal pressagi,
trasmeten á les planes llur fort tremolament.

Tu sola dorms embriaga, del Occident, oh reyna;
¿no 't sents desfer á troços, l' abís glatinte ensemps?
¿no veus al cel un glavi de foch que 's desenveyna?
cau de genolls y prega; mes ¡ay, no hi ets á temps!

Que del suplici es l' hora terrible; ja llampega
la clava, al front de roca de Calpe devallant,
com sanguinós cometa que pe'l cel s'arrocega,
secades, pestes, llágrimes, ruhina y dol vessant.

Cahuen d' esglay los hòmens; s' escruixen les montanyes;
ab gran panteig espera quelcom d' horrible 'l món;
y, al colp esportellantse la serra, ses entranyes
mostra al sol, que entre boyra per sempre se li pon.

Ell pren alè, y lo ferre tallant torna á les bromes,
del hort de les delicies per ferne un camp de morts;
quant, com un vol de tendres y místiques colomes,
l' enrotllan amorosos d' Hespèris los recorts.

Planyent de son amor á la regina hermosa,
lo mall, que abranda 'ls ayres cayent, vol decantar;
mes eix, entoçudintse, s' aterra, y la resclosa,
com fèrrea porta, s' obre de bat á bat al mar.

S' estimba ab castells d' aygua l' eslleviçada serra,
y al cru espetech s' esquerda l' Atlántida trement;
los estels, dalt, aguaytan si esclata en llamps la terra,
la terra, si ab sos astres li cau lo firmament.

L' hèroe, esblaymat, sospita que es tot allò un desvari;
quant veu á ses espatlles un Geni agegantat,
de qui la grega lira, profana en lo santuari,
ni, veu del cel, la Síbila de Dèlfos, ha parlat.

En llampegueig volcánich sos ulls grifolan ires;
terbolins l' arreboçan, fredat y confusió;
lo foch del cel li encercla corones de guspires;
li es música escoltívola l' espetegar del tro.

Brandeja ab má ferrenya l' espasa flamejanta
que romperá en lo dia derrer lo pern del món;
y, escamarlat damunt la víctima geganta,
peu ençá peu enllá, li descarrega al front.

Vessant de Deu les ires hont fou trempada, hi baixa,
semblanta á una columna d' incendi pirenaych,
que, com faixá l' Europa, l' Atlántida ara faixa;
«Para 'l coll,» com dihentli; «abísmat ja, que caych.»

Espignet de la trompa que als móns, en sa agonía,
cridará al espantable juhí del Criador,
sa veu desbota rústega pe'l cel, que s'incendía,
com de cent rodants carros traqueig retronador.

—Atlants: heu de desésser: la terra fins que us serva
s' en ha d' entrar á estelles com á vaixell podrit:
faças enllá ò enfónzes l' humanitat superba;
fáçanshi monts y regnes, que 'l mar muda de llit.

Ja apunto á ses entranyes la ploma per escriurhi
lo jutjament del poble que 's creya sempitern:
plegau, Atlants, de bátreushi; Hespèrides, de riurhi;
purs ángels, á la gloria; fills de Neptú, al infern.

Será ta clava, Alcides, sa enterradora aixada;
per çò, fosser de pobles y móns, jo 't guío ací,
y á fi de no esqueixarte lo cor, de ta estimada,
per ara repintarlhi, l' imatge n' esborrí.

36

L' Europa tu arrancares de l' África; les dues
dels braços de l' Atlántida d' un colp jo arrancaré;
y á aqueix corch de la terra, sos fills y filles nues,
del Deu que adora, als poltres, per grana llançaré.

Mes ¿sents? per sepultarla la terra ja 's mitjobre;
¡oh! mírala estimbada rodarhi desde 'l cim;
li reque ò no, ha de bèures, girada de sotsobre,
de l' amargor de l' ira divina l' escorrim.

Ni som en la gran era tots sols eix blat á batre;
mira allí com ses ales hi aixampla 'l Simoun:
lo torb del Equinocci surt més enllá á combatre,
y 'l mar s' espanta al vèures d' un altre mar damunt.

Y tots d' acort la colcan pe'l Nort, Garbí y Mitj-día,
esquarterantla ab boques de gegantins caymans,
ab gran rugall dihentme quiscun, que engoliría
del univers en runa los troços flamejants.

Aguayta com hi abocan los pòls ses nuvolades,
que ab llurs ramats aplegan lo Llevantí y Ponent;
s' arruan y espesseixen, al tro arremolinades
de mon fuet de flama, que atiadó''ls encen.

¿Lo brahol d' un incendi dels núvols ous dessobre?
De llamps es una mánega que hi baixa en terbolí:
¿Altres ne sents al fons? Son del infern que s' obre
per rèbrela, entre Harpíes y Furies, en son sí.

¿No sents com xiscladores per tot ja esvolategan
empenyentla y penjántseli als peus en lleig aixam?
ensemps que ronch me crida l'abisme, hont l'arrocegan,
"¿eix pa com no li llanço fentlo glatir de fam?"

¡Cuyta, oh! que es hora; ¡afányat! Si tens prou pit, devalla
de Calpe á l' aygua, pássala, tramóntala d'un salt;
á Hespèris trau dels braços d'eix mar que la avassalla,
y creuré al que m' apressa, terrible Deu de dalt.—

Ronch tro de trons que'n baixa suspen, al estimbarse,
cingles y mars; y al cel, que fa de tornaveu,
tement morir, los astres y móns semblan pararse
á ohir la nova, altíssima, paraula del gran Deu.

—Al dar per cor la terra á aixams de móns, "Cováula,"
los diguí á tots; "corona siáuli de claror;
y als braços ab canturies, oh Serafins, breçaula,
que es l' home qui hi va á náixer, l' amor del meu amor."

Per ell de l' ampla cúpula del firmament penjíla;
per guarda 'ls rossos ángels, per llantia 'l sol li he dat,
y ell contra mi ara aixeca, per férsen Deu d' argila,
l' univers que á ses plantes posí; ¡malaguanyat!

¡Ell contra mi! dels éssers aquell que més amava,
aquell de qui volía la pensa per espill,
com plau als astres vèures lluhir en la mar blava,
y á un rey sa noble estampa mirar als ulls d' un fill.

¡Oh! cada sol, cada astre del cel sentme una lira
que 'm canta en móns més amples y hermosos son amor,
¡que així l' aubaga terra, que ni tant sols s' ovira,
que eixa taca d' un punt m' haja robat lo cor!

Prou juntí 'ls continents, de l' aygua al destriarlos,
perquè en ma gloria unissen ses llengues en un cant;
mes lo pecat m' obliga, ¡y ab quán doló! á esbullarlos;
¿quín mal t' he fet, fill d' Eva, que aixís m' ofengas tant?

¿Perquè m' escups lo fanch, de que't traguí, á la cara?
No parant jo d' amarte, may paras d' avorri'm.
Recordant lo diluvi tremola 'l món encara,
y ja 'n demana un altre l' Atlántida ab son crim.

Mes, prompte á la que esborra del cor mes santes regles
com lletra mal escrita, la esborraré del món;
y 'ls segles á venir no sabrán dir als segles,
los vells Atlants, llurs tronos, ò sepultura hont son.

¡Oh mar! romp la muralla d' arenes qué 't té presa;
foch que bulls dins la terra, desbota sota 'l mar;
cayeuhí, negres núvols, com llops damunt la presa;
atíals tu, mon Ángel, y dónalsla á tragar.

¡Oh! atolla en sa rodera lo carro de sa gloria;
llança eix got de metzina, sinó 'n beurá tothom;
destralejant fes llenya del arbre de l' historia;
esbulla 'ls pobles; trenca la terra que 's corromp.

Y 'ls 'vuy malavinguts fragments en que 's partesca,
units pe'ls nets d' Hespèris me tornarán á amar,
com un parell de braus que 'l bover desjunyesca,
per, al ser vells, poderlos mellor aparellar.—

Diu Jehová, y per entre los sols de sa corona
sa cara ha vist Alcides, com llunyadá llampech,
en mitj del cel, que, núvol y fosch, flameja y trona,
y tantost cau, com arbre que un llamp ha deixat sech.

Mes de prompte, enardintse son cor á una guspira
que li tramet l' Altíssim, despresa de son ull,
com estimbada roca, se llança al món que espira,
gromoll de terra y aygues d' un caos al rebull.

CANT QUINT
LA CATARATA

Invocació al Geni del estermini. Gemechs de la terra mitj
negada. Saltant d' aygues que per 'l esvoranch de Calpe s' hi
abocan Regirament de les ones ab les despulles de la Atlántida.
Hèrcules, maresmes y camps á través, cerca á Hespèris, ab un
arbre encès per brandó. Ella 'l veu venir y pren comiat de ses
filles.

Ministre d' esterminis, que 'ls llamps hi descarregas;
¡oh! pòrtamhi entre onades de polsaguera y fum;
per eixa nit reveure l' Atlántida que ofegas,
déixam muntar tes ales, de ton flagell al llum.

La canto cabuçada tombant al precipici,
del món en les entranyes, com boja depertant;
mes, cántala tu ab veu de trompa de judici,
que, d' esglay rugallosa, la meva no pot tant.

Xisclets d' esgarrifança, renechs, ays, cridadiça,
veus tristes de la fossa, veus dolces del breçol,
fan chor ab lo feréstech rugit y udoladiça
ab que 'ls boscatges ploran la llum del derrer sol.

De Pompeya, al esténdrehi son mantell lo Vesuvi,
de Troya y de Pentápolis, ressona 'l fort gemech,
l' esgarrifall, bram d' aygues, y monstres del diluvi,
y de la nau del món al rómpres, l' espetech.

Colgades en sepulcres d' escuma les montanyes,
de peus al fanch, responen ab crits y gemegor;
y s' ou, com si enrunassen mals Genis ses entranyes,
de colps, esllaviçades y enfondraments remor.

Sota 'l tallant la víctima forceja; mes, —Ovella,—
apar que l' Angel cride:—no 't caldrá, no, estrevar;
tes selves qui esplomiça, tos cingles qui estavella,
qui ton tos camps d' aurífich velló, t' ha d' escorxar.—

Al seu voltant tot regne s' astora y tremoleja,
anyells que han vist la ovella en mans del matador;
y ab membres y òssos fora de lloch, lo món panteja,
sentint d' entre sos braços arrabaçar lo cor.

Tant bon punt á les ones lo Calpe s' esportella,
abócanshi en cascada com feres udolant,
y á cada troç de serra que l' aygua avall cabdella,
aixampla més sa gorja l' engolidor vessant.

—¿Què baixa, — crida un nin, — de Gibraltá' á ramades?
No son los bèns que á peixer venían lo rebrot,
que son bramayres monstres de crins esterrufades;
¡mares, mareta meva! que 'ns xafarán á tots!

—¡Á tots! — ella responli; — ab aqueix mot m' aixalas
lo cor; vina á mos braços, fill meu; no 't cal fugir:
fugiu, fugiu vosaltres, aucells que teniu ales;
jo esper ab qui més amo que 'm vingan á engolir.—

Lo Volga, 'l Ròse, 'l Gánges, ab llurs sorrals y roques,
cent rius sembla que hi tomban en torb escabellat;
generacions y segles, així afamada embocas,
tu, sense fons ni vores, negrosa eternitat.

Y 's muntan y revenen, y arreu volcats s' abisman
en remolí, frisosos, mars sobre mars, al fons,
d' ahont, ab bull d' escumes y vents que s' enfurisman,
renáixer sembla 'l cáos, sepulcre y breç dels móns.

Apar que al estimbarse la mar de serra en serra,
rodole ab les boyrades lo llamp y l' huracá,
buscant dintre l' abisme los òssos de la terra,
per darlos á eixes áligues del cel á descarná'.

Y allá per les planicies d' Hespèris escampantse,
solleva, aixaragalla y abriga per supols;
se fan enllá les serres, desdint y cabuçantse;
y torres que muntavan lo cel, besan la pols.

S' adreçan erms y marges, aprés que 'l mar troceja
ab una má llurs boscos, ab l' altra llurs ciutats;
als peus del puig rodola son cap, y 's balanceja
l' esperit de les ones damunt l' or dels sembrats.

Escapçats ídols, brèdoles del temple seu despulles,
ab la floreta rodan que 'ls encensava 'ls peus;
los cálzers d' or y ceptres s' amagan entre fulles,
al veure així ofegarse los sacerdots y deus.

Lo taup al niu de l' áliga, lo peix al núvol colca;
als cims hont espigaren sos pins torna la nau;
en lo jaç de la dayna la rèmora 's revolca,
y escorcolla 'l d' Hespèris algun marí gripau.

Les eugues que batían lo blat volan pe'ls ayres,
ab l' era y mas á troços, y garbes y garbers;
fan un gabell entre ones arbreda y llenyatayres,
y ab sos difunts la fossa barreja sos fossers.

D' açò á través, cadavres de pobles y boscuries,
que bullen ab los núvols ab tufejant barreig,
camina y nada Alcides vers l' hort de les canturies,
de morses y tremelgues y catxalots rabeig.

Prop seu rumbeja una illa naixent ses verdes robes,
y ab bels de mort, encara penjantshi blanchs xayons,
esperan á ser presa de les marines llobes,
que, ab l' illa y tot, altra ona los arrocegue al fons.

Nines galants lo cridan desde un cim de palmera,
allargantli los braços de gebre esblanquehits,
y en sos genolls musclosos y rossa cabellera
se penjan infants tendres pe'l fret esmortehits.

Lo grech tot ho rebutja y empeny á cada banda,
morts y vius, moltonades y llenya á curumulls,
d' un rehinós pi á la teya gegant que 'l vent abranda,
á la gentil Hespèris cercant, de negres ulls.

De sopte, ab ays planyívols y esgaripar de nina,
venen vius á punyirli lo cor sos alarits,
com piuladiça y tristos sospirs de la cardina,
la torrentada al dursen sos xiricants petits.

No lluny de les Hespèrides se dol sa mare trista,
en l' hort hont com sa vida les flors s' han esfullat;
quant del brandó terrífich la llum fereix sa vista,
y ab la esperança dintre son cor, la por combat.

Es qui enjegá en son regne les mars; ¿ve á esperonarles?
ò condolintse d' ella ve á dúrselan á port?
Mes ¿cóm deixar ses filles? cóm somiar deixarles?
Jamay: entre sos braços primer reptar la mort.

¡Oh cèlica puresa! llavors li aparegueres,
com Angel ensenyantli de Bètica 'l camí;
—vinahi, si vols guardarme ton lliri,—li digueres,
y al punt, per assolirte, de tot se despedí!

Fa 'l derrer plò' ab ses belles Hespèrides, que moren,
com dits d' una má balba, dessota 'l taronger
arrupides; y en ombres hont tant felices foren,
al deixarles cadavres, també ho voldria ser.

—¿Per què á mon coll, oh filles, enarbro vostres braços?
Al pit lo cor se 'm nua d' havèrvosho de dir;
nosaltres, que vivíam de besoteigs y abraços,
los últims hem de darnos, gemats, ans de morir.

Qui en terra us ha posades per sempre vos hi deixa;
mes ¡ay! á ses entranyes no repteu de cruels,
que es molt punyent l' espina que avuy me les esqueixa,
y son, mirau, mes llágrimes, del cor foses arrels.

No vullau saber altre, de mon amor poncelles;
anau al cel á obrirvos abans d' entendre 'l món;
jo que ¡ay! embriaguímhi d' olors y cantarelles,
hauré d' arrocegarmhi ab la vergonya al front.—

Y al cel alçant la vista, los dona l' arrevèure,
arrancantse á llurs braços, que cauhen esllanguits,
com esllanguits colltorcen los branquillons d' una eura,
d' un arbre amich al perdre los braços y los pits.

CANT SISE
HESPERIS

Los Atlants se 'n pujan serra amunt á bastirhi un gran casal,
que 'ls servesca de sopluig en lo nou diluvi. Hespèris ix al
encontre del hèroe. Li conta sos amors y maridatge ab Atlas, ses
penes, y 'l malastre de sa vida. Hèrcules la pren per esposa, y á
través de les ones desfá 'l camí de Gades ab ella á coll. Defallida,
dona l' adeu als anyells y aucellades que foren ses delicies.

43

Los Titans s' afanyan á muntar llur edifici. Quant lo tenen á punt
de cloure, s' adonan de la fugida de llur mare ab lo grech; y ab
los bocins de la obra ciclòpea que li rebaten, l' empaytan
montanya avall. Ell fuig á grans gambades entremij de la
pedregada y desfet de les aygues. Horribles visions d' Hespèris
en la fosca. Lo llamp encen la gran ciutat dels Atlants, y ells,
guiantse ab sa claror, tantost assoleixen á Hèrcules.

Herpèris, la d' ulls negres, perque sos fills no vejan
al grech que ve á escomètrela, llampech en la foscor,
á la ciutat ciclòpea s' acosta, hont remorejan
com roig aixam al veure robar ses bresques d' or.

Y ab por los diu que pujen plegats á la montanya,
y al cim, puig lo diluvi segon era vingut,
per soplujarshi munten ab pressa una cabanya,
desde ahont pugan vèurel extendre á peu aixut.

—¿Y allá vindreu? — preguntan; y ab veu que li tremola,
—allí aniré, — responlos, — quant la maror vindrá.—
Però sos fills li signan aquella montanyola,
y ella pensa ab cingleres y terres més enllá.

Y, rampa amunt pujantsen, arramban feixuchs còdols,
magalls y cunys, per fendre la roca de soley,
y per servir de jáceres, antenes y permòdols,
fan cárrega, al passarhi, dels arbres del esquey.

Al vèurels enfilarse rabents de roca en roca,
recorda Hespèris l' hora que hermosos los parí;
alça y retorç en l' ayre los braços, y la boca
mitj obre per cridarlos: — Tornáu, que us enganyí.—

Mes repensa, y tement, si massa plany llur vida,
que li pendrán la joya que té de més valor,
á llur fossa deixantlos volar á tota brida,
atura 'l mar de llágrimes ab que desbota 'l cor.

Per sempre despedintsen ab un ay d' agonía,

44

dos rierons enjega dels ulls, ja lluny de tots;
y ab los cabells estesos, com presa de follía,
á qui s' atança, diuli paraules de senglots.

Los llops de mar y terra que venen á esqueixarla,
s' amanseixen ohintla tant dolça sospirar;
fins sembla que les ones s' aturen á escoltarla,
com blanchs anyells venintli les plantes á besar.

—Deu ò mortal que sías, — li diu; — tu, que vingueres
á vèurem al abisme rodar ab tots los meus,
si, fill de mare humana, de sos dolors nasqueres,
planyme ¡ay! á mi, qu' ab llágrimes de sanch t' amaro 'ls peus.

Mare he sigut; mes filles al cel no deixi veure,
perque me les voldría per flors de son jardí;
donchs moren, y son últim alè jo no 'm puch beure;
moren, y lluny dels braços y cor hont los brecí.

Tinch dotze fills d' espatlla musclosa y pit titánich,
que en guerra ab Deu fan l' obra del univers malbé;
mes sota 'ls machs que tiran al cel, llur front satánich
caurá romput, y mare demá ja no seré.

Una patria tenía, rovell d' ou de la terra;
no tinch ja patria dolça ni res de quant amí;
ton braç, ton braç terrible per sempre m' ho soterra,
y sols los ulls me deixas pera plorar sa fí.

¡Ay! d' aqueix cor que feres bocins, bé te 'n pots dolre:
¡sálvam! no temo 'ls monstres que d' ayre veig venir,
fent xirricar les serres de dents que m' han de moldre;
altre temor m' acora que jo no 't goso dir.

Quant ¡ay! me coronavan mos dies amorosos
de flors de jovenesa que enmustehí 'l neguit,
de la serra que hereta son nom als soleyosos
cims, d' Atlas somiava recolzadeta al pit.

Los ulls á l' estelada, dalt, part d' amunt la pensa,
cantava ell les celisties y 'l fill de l' alba ros;
dels móns que infantá l' Eros y cova, l' avinença,
y, ab áurea lira, jo ales donava al rim festós.

Polsávala, á mos fills girantme engelosida;
plavíam ¡ay! de vèurels, ab sos ditets gebrats
los bèns escarpir elles, peixentlos sajulida,
y ab los lleons ells bátres, pe'l rost abrahonats.

Sovint, ab llurs joguines deixantlos al herbatge,
baixavam á esbargirnos al borbolleig d' un riu;
de tarongina, sálides florides y brostatge
als cisnes d' ales blanques enmanllevant lo niu.

De nostre poncellatge l' albada allá retreyam;
los ulls de mes Hespèrides; llur front somiador;
mots ignocents d' esposos enamorats nos deyam,
que 'l cor, al recordarsen, se trenca de dolçor.

¡Somnis de maig flayrosos, que d' hora us esvanireu!
Ara entre espines l' ánima sols sab de sospirar;
y aprés que ab aleteig y besos la adormireu,
sols sab avuy de plányerse, mos ulls sols de plorar.

Endormiscantsem Atlas á l' ombra d' uns arboços,
era un mitjdía cálit de sol y xafogor,
jo lluny, ab ses ovelles sentint mos pollets rossos,
m' acosto de les aygues á pendre la frescor.

Quant un aucell que á estones veníans á complaure,
per ma dissort, se 'n vola, bonich com un estel,
de sos jochs á ma prole candíssima á distraure
ab son bech d' or y ploma de la blavor del cel.

Cull becada, y de l' herba se 'n puja á unes ginestes,
de la ginesta á una alba hont nía l' oriol,
y ve de branca en branca, fent saltirons y festes,
als cortinatges d' eura que 'm fan de parassol.

Espiantlo 'l seguiren mos fills escorrediços,
y ab blana má fent tòrcer los sálichs y bogám,
hont creyan veure tendres aucells assustadiços,
me veren entre escumes distreta rabejá'm.

Fan repensió als esforços derrers de la puresa,
mes tornan á ma cara, bella en mala hora, 'ls ulls;
y al cel volant lo geni beneyt d' ignocentesa,
amaga 'ls seus plorosos ab sos finíssims rulls.

Cresqueren, y veyéntmels de victoria, en victoria,
de guerra ab bruyt y d' armes anarsen á Llevant,
pensí que ab sa alenada los ayres de la gloria
s' endurían los térbols recorts que 'm matarán.

Mes Atlas mor, é indòmits los fills que duguí al ventre
voltárenme ¡ay! encesos d' un malehit ardor,
y avuy mateix volgueren ¡no es molt que 'l món se n' entre
volgueren ferme oferta de llur damnat amor!

Als ulls en que mirarme solía, ¿com aresta
debía rebotir rasposa y foguejant?
¿del vostre, ¡oh Deu! lo llamp cridar sobre llur testa?
¡Perdó! jo 'ls era mare; mon cor no pogué tant.

Cayentme al colp les ales del cor, ni sols paraula
los torní, y, abocantsem les llágrimes als ulls,
del clot de qui més amo vinguí á regar lo saula,
y aquí fineix ma vida, si tu al pit no m' aculls.

Tu, que enfonzas ma patria, no 'm perdas ¡ay! ab ella;
condolte d' eixa mare y endútelan ab tu;
trau de perill de totes mes joyes la més bella;
deslliura ma puresa ò aixafa mon cor nu.

Sálvamela: t' ho prego pe'ls nins que 't diuhen pare:
jo 'ls gronxaría als braços, jo 'ls donaré 'ls pits meus;
mira que es ¡ay! un glavi per aqueix cor de mare
l' alletar la fillada de qui atuhíli 'ls seus!

Mes... no; no te m' endugas, que d' Atlas so l' esposa,
y altre home, ni per tráurem del clot m' ha de tocar:
òbremen un y còlgam ab un penyal per llosa,
que 'ls fills de mes entranyes no pugan decantar!—

Li diu: y esmortehida s' inclina al peu del arbre
que cobricela 'ls ossos del seu marit difunt,
quant sembla 'l mot d' "Espòsat" sortir de sota 'l marbre,
entre 'l plor de ses filles y 'ls crits de serra amunt.

—Anem,—diuli Alcides,—anem; no sospires;
també de ma patria les ribes deixí;
¿de Grecia la hermosa parlar no sentires?
     per tu jo la deixo,
si en dolç esposori t' uneixes ab mi.

Lo cel es qui'm guía com nau á les vores
d' eix náufrech realme, per tráuret á port,
y durte á una platja feliç, hont no anyores
     los boscos que foren
tos boscos de cedres que sega la mort.

Als camps hont te esperan les vèrgens d' Iberia
la terra es més verda, lo cel es més blau;
tu pots transplantarhi les roses d' Hesperia
     y jo de Beocia
ab l' art de la guerra los jochs de la pau.

¿T' esglaya ma clava que 'ls monstres aterra?
Mon cor no es com ella de ferro batut;
á colps mentre obría de Calpe la serra,
     ta veu he sentida;
perçò á darte 'ls braços corrent he vingut.

Com riu que s' estimba d' un cim de montanya,
jo arranco quants arbres se 'm posan devant,
los rompo y trocejo com llances de canya,
     y rego y amoixo
los jonchs y floretes del fèrtil vessant.

¿Quí so? Los Centaures de Tracia 'm coneixen,
al vèurem s' esquitllan poruchs los lleons,
les torres superbes de por s' estremeixen,
      y 'ls cingles mateixos
tremolan, si ab ira trepitjo sos fronts.

So 'l torb que llurs selves remou d' un colp d' ala,
so 'l llamp que á les aygues obrí passadíç,
qui ofega les Hidres, qui la áliga aixala;
      per eixos so Alcides,
per tu, dèbil eura, so un llor vincladiç.

Mes l' aygua ja abriga les valls y planures;
¡anem! ans que abrigue les serres y tot;
sortim d' eixa terra d' ayrades impures,
      bellíssima Hespèris,
abans que la trenque l' Etern com un got!—

Y á coll prenentla, al grífol del mar creixent se llança,
de peus y mans servintse com d' ales y de rems,
mentre ella, ab veu que amargan lo dol y la anyorança,
recorda així á les selves sos més joyosos temps:

—Adeu, alats salteris, aucells que 'm despertareu;
no tornará á breçarvos de l' alba 'l vent suau;
bardices, que per ferme bona ombra us enramareu,
ponts de verdura y portxes, ¡per sempre adeusiau!

¿Y mos anyells? Coneixen ma veu encara, y venen,
¡qué hermosos ¡ay! de veure, qué flonjos d' amoixar!
y ab tristos bels, mirantme de fit á fit, s' estenen,
com volent dirme: "Mátans, ja que no 'ns pots salvar."

També, ¡ay de mí! la cerco la mort y no la trobo,
puix, cadavre, al registre dels vius damnada estich;
adeu, riu á qui perles y arena d' or no robo,
adeusiau, boscuries, de ma niuhada abrich.

Per sempre, ab quant estimo, jardí, tinch de deixarte

del mar á ser pastura; ¡tant que t' amava 'l cor!
La lira que me 'n porto, m' ajudará á plorarte,
puix sols hi tinch sencera la corda del dolor.—

En tant, damunt d' altívol serrat que 'ls núvols toca,
altre 'ls Atlants n' aixecan en alterós fortí
que 'ls sopluje ab Hespèris gentil, de roca en roca
quant pujen les onades, com goços al festí.

Romp l' escodayre ab ferre de tall la pedra crua,
que ab suor negre estovan sos braços, pit y front;
y 'ls rochs deixa 'l manobre damunt sa esquena nua
tombar, en l' ample córrech fent de pelásguich pont.

Ab unglots de diable ganxuts altres n' arrancan,
barruers empernantshi, dels puigs ab tremolor,
y á colps de peu, á falla de mall, los esvorancan,
ab pedres tasconantlos, á tall d' estellador.

Y ab má de cíclop sobre més grossos rochs los pujan,
en paret de cinch braces d' amplaria, amunt, amunt;
y altres rochs, que á les feres en mala nit soplujan,
arrabaçats com tofes de llana 'ls van damunt.

Després, per coronarla ab volta indestructible,
s' acotan cent espatlles com archs de campanar,
y de gra á gra s' hi assenta lo rocatam terrible,
sens fer les cariátides de carn debategar.

Quant, mitj clos l' edifici, ja del ayguat se reyan,
serres avall, d' escumes y llenya en lo borboll,
á la claror de l' atxa reynosa, l' hèroe veyan
fugir, y ¡ay! ab Hespèris, llur mare hermosa, á coll.

Los alçaprems de ferre li tiran y rocaços,
y derrera 'ls esqueixos de serra, al enjegá 'ls,
com rius al mar devallan, apuntalant los braços
en plátanos sens branques que 'ls feyan de parpals.

Y enrera deixan terres y mars cada gambada,
tramontan fraus y conques, torrents y xaragalls;
á 'ls seus al retornarsen la grua en sa volada,
no veu aixi á més corre passar turons y valls.

Llur crit, trepitj, llambordes y bigues que brunzeixen
á Alcides esperonan que fuig per l' erm fangós;
quant á sos peus restobles, selves y munts falleixen,
com tallamar, devora les ones coratjós.

De còdols, terrocedes y tronchs á la tempesta,
y esquitxoteig que enllota lo cel diluviant,
s' hi lliga la dels núvols, damunt sa rossa testa
brugenta, xafadora, y en terbolí esclatant.

Lo pi, que flamareja del hèroe als dits, s' apaga,
unich estel que eix vespre d' horrors al front tingué,
y en la foscor palpable d' Egipte tot s' amaga,
com si apagás los astres del cel qui 'ls encengué.

Lleons, caymans y boes ab óssos blanchs se topan,
ensemps ab llurs montanyes de glaç y de verdor;
ab elles grans onades pe 'l camp del mar galopan,
y sembla 'l món desferse d' espasme y tremolor.

Les boyres, apilades, en aygua y pedra 's fonen,
sa crin de foch espolsa lo torb desembridat,
y ab llur bram les balenes al bram del mar responen,
á tall d' illes surantes fenent sa immensitat.

Obrintse entre elles aspre camí, lo grech s' engolfa,
contra corrent y á palpes, sens atinar ahont;
y 'l temporal, y 'l xáfech que l' huracá regolfa,
y les mars, d' una á una s' esberlan en son front.

Sovint cayent dels ayres, en l' infernal tramuja
s' enfonza del cahòtich abisme rebullent,
y de sos antres altra zumzada se l' en puja
boyres amunt, com fulla resseca en mans del vent.

Quant pensa que per rònega, plombada afrau s' estimba,
los peus li amoixan ordi pastiç y flors del camp;
y al refluir l' onada, quant ja li apar que minva,
de colp remunta 'ls núvols á frech á frech del llamp.

Y á sa claror, un caos apar de roja flama
la mar d' hont ell es átom, d' una ona al cim penjat:
davall boques de monstre dins la del mar que brama;
damunt, rius d' aygua, marbres y fusta á bell ruixat.

Y boyres, vents y onades, ab ronchs esgarrifosos,
del cel y 'l pèlach midan l' abisme á revolcons,
en llur desfet y brega set voltes, rugallosos,
trametent d' un al altre lo cru espetech dels trons.

Veu á gabells cadavres passar d' infants y dones,
lo seu alguna encara duhent estret al pit,
y á 'ls Atlants, entre crestes de neu de llunyes ones,
de basilisch l' ullada clavantli fit á fit.

Veu açò y l' encobertan de nou tenebres fosques;
ab aygua á coll trasteja de terra al cel tramès,
ja entrebancat d' un cingle per espadades osques,
ja entre 'ls cabells nuosos d' una ridorta pres.

Cau y s' ensorra, 'l colga sovint l' ona negrenca;
d' ahont cerca refugi ne sur feréstech orch;
l' abet á que s' agafa segueix d' arrel ò 's trenca;
hont posa 'l peu se bada per engolirlo un gorch.

La llambreganta ullada de fera monstruosa
seguint, tantost lo copça son ample coll obert,
y ensopegant les serres de sos caixals, l' hermosa
fa ohir son escarfall en l' horrorós concert.

Y monstres afigura llavors més espantables,
que á rues pernabaten y jugan al entorn,
llurs boques de caverna badant insondejables,
sovint per algun llamp enceses com un forn.

Y es tot per ella un caos d' espectres lleigs é informes;
ho son pinacle y sòcols rodant en confusió;
la rufacada es ayre de llurs ales deformes;
sa llengua 'l foch del núvol; llur bramadiça 'l tro.

Fantasmes son, que allargan negrenchs y ossosos braços,
los verns que 'l vergacejan surant d' arrels amunt;
balenes son les roques; los turons gegantaços
que, encaputxats de núvols, s' encalçan d' un á un.

Umple 'ls espays, de sopte, feréstega clariana;
ella ho coneix, la atlántica ciutat ha encès lo llamp;
la flama, que l' encercla com infernal capçana,
respon al mar y als núvols ab més sencer rebram.

Vergers, palaus y llotges son boques de Vesuvi
ab que brega, atenyentlos á llenques, la maror;
sos fills quant se 'n adonan, lluytant ab lo diluvi,
—¡Be trigá prou, —esclaman, —ma llar á fer claror!—

Y, raig á raig, Alcides de més aprop sent ploure
palets que servirían per moles de molí;
y bromereig y trángol derrera seu remoure,
y estendre per garfirlo llurs braços de rampí.

Á cada pas ressona més prop llur roncadera;
llurs ungles ja esgarranxan de sos talons la pell,
y, al crit y esgarrifança d' Hespèris encisera,
té por de que ja urpejen son voleyant cabell.

CANT SETE
CHOR D'ILLES GREGUES

Episodi: l' Estret de Gibraltar s' aixampla, y la mar Interior hi deixa escolar més depressa ses aygues, deixant veure noves illes y terres. Desvetllament de Grecia. Delos. Les Cíclades. Les Equínades. Sicília. Lesbos. La vall de Tempe. Renaixença. Apoteòsis d' Hèrcules.

53

Á les creixentes ones sa immensa portalada
va obrint de pinta en ampla de Gibraltar lo Freu.
Sos dos muntants de pedra fan lloch á la riuhada,
y 'l front de Calpe á troços serveix de marxapeu.

Ab crits d' esglay s' hi estimba la mar, com si en la volta
del cel tronás encara la veu d' Adonaí;
y roda ab penyes, boscos, sargaça y llot revolta,
muntada com selvatge corcer per tervolí.

Y creix, y, afamat monstre, rugint la catarata
atrau d' Etruria y Xipre les aygues cap ençá,
sos llachs minva l' Adriátich, l' Egeu sos rius de plata
y 's vessa, urna trencada, lo vast Mediterrá.

Lo riu d' Egipte allarga com cocodril sa boca,
Esmirna, Éfeso y Troya s' allunyan de Neptú;
l' illot de Tyro á la Assia s' agafa ab braç de roca,
y al bes de Sahara donan les Sirtes son pit nu.

Los Apenins aixamplan son bell repeu de marbre,
Provença creix per veure brotar ses Illes d' or,
y com de primerenca tanyada 'l tronch del arbre,
los continents se voltan de rams d' illes en flor.

Aixís, al aclucarse lo sol, van á més corre'
sos raigs, com rierades d' or fos vers Occident,
lo dia, 'l bruyt, la vida del univers s' hi escorre,
y es de celistia un pèlach volcat lo firmament.

Mes entre 'ls plechs del ròcech daurat, que 'l jorn retira,
desencastades perles, llambrega algun estel,
espurnes que restaren d' aquella immensa pira,
petjades ¡ay! del astre gegant que umplía 'l cel.

Mare dels deus, ¡oh Grecia! tu dormías,
com Venus per les ones breçolada,
aquella nit terrible, y res sentías
del tro y aixordadores armoníes

ab que fora l' Atlántida enfonzada.

Mes, com mantell de satí blau troçada,
la mar, que encara ab dos replechs t' abriga,
te mostrá nua al cel y 't despertares;
y als raigs de la celistia tremolosos,
     y de la lluna amiga,
tos tendres ulls, encara somniosos,
vers l' hort de les Hespèrides girares.
    Llavors per tes arenes
rodolaren set cántigues sonores,
     com de gentils sirenes,
     que sos amors y penes
á sospirar vinguessen á tes vores.

DELOS

Per la fitora de Neptú arrancada
d' un dels tres cayres de Sicilia bella,
     vegí'm com nova estrella,
del mar immens en la blavor llançada.
    Mirantme les gavines
de borrallons d' escuma coronada,
creguérenme llur cándida parella;
     les áligues marines
creguérenme de lotus flor novella,
que entre randes de mar y coralines
hagués badat sa virginal parpella.
Al vèure'm en los márgens de l' Etolia
l' Aqueloos, als besos de l' aurora,
me prenía per cálzer de magnolia
que li oferís aromes en sa vora.
    Les illes me prenían
per un navili de rumbosa vela,
     que, ple de richs aflayres,
     los joguinosos ayres
d' Epidáuros á Dòrida empenyían;
y ab música, remors y canticela
los Tritons y Oceánides seguían

lo fil d' argent de ma lliscanta estela.
Trobá en mon sí dolcíssima acullida
          Latona, perseguida
          per Juno sobirana,
          de Jove engelosida;
quant fins los rius fugían de sos passos,
li negava la selva sos ribaços,
          y 'l fer lleó ses balmes;
á l' ombra recolzada de mes palmes
parí, y breçol de Febo y de Diana,
jo 'ls gronxí dolçament entre mos braços.
Llavors, sortint de les pactolees ribes,
tot cantant set vegades me voltaren
los cisnes de Meonia, y fugitives
          al meu entorn dançaren
del cel les Hores, abocant ses faldes
de murta, terebints y semprevives,
d' ámbar, coral, topacis y esmeraldes.
Com en camp de violes l' englantina,
só de totes les illes la regina;
          mes, ahir vespre, llesta,
á un auguri de pròxima tempesta,
del mar de Myrtos m' abriguí en les cales,
          que ab mos perfums enmelo;
          y recullint les ales,
per sempre aquí mes áncores arrelo.

LES CICLADES

          Ninfes de peus de rosa,
          en estolada ayrosa,
de les platges d' Argòlida sortíam,
          per veure á Delos bella,
          y anavam y veníam
á flor d' aygua llisquívoles com ella;
          quant nostres peus se gelan,
fets branques de madrèpora, y s' arrelan;
          en fácil promontori
s' aixamplan nostres dors y pits de vori;

dins nostre cor sentírem
del mar entrar la fredorosa gebre;
de narcisos, llentiscles y ginebre
garlandes nos cenyírem,
y en cèlica escampada,
com flors de l' estelada,
entorn de l' illa hont infantá Latona,
per ferli de corona,
en oasis del mar nos convertíem.

LES EQUINADES

Ninfes també, del Aqueloos filles,
ab tants lliris, nimfees y jonquilles
dels altres deus les ares enramárem,
que per l' altar del pare
sols tronchs, fullatge y esporguims trovarem.
Ab un crit horrorós per la ribera
lo riu sortí de mare,
com un lleó saltant en sa carrera;
nosaltres vers la mar, per la drecera
fugint, ses falconades sortejam,
mes entre esculls y núvols de bromera,
ja al franquejar ses boques,
ab sa alenada fera
nos converteix en roques,
hont ve Proteu á pasturar ses foques.

MOREA

Com fulla de morera
al revenir la saba en primavera,
jo sento ab noves ales espayarse
ma esplèndida ribera.
Veig d' Élida les flors ab tu, Zacinto,
flor de les illes jòniques, guaytarse,
y ab un pont d' or á ma gentil Corinto
Beocia enmaridarse;
y enamorats de la rihent Citeres

lo Maleus forcat y lo Tenari,
        ab dos rams de palmeres
sos amorosos braços acostarhi.

SICILIA

Á esclat de mort mos Cíclops treballaren
tota eixa nit; remors de malls y encluses
dins les fargues del Etna rodolaren;
en sa infernal, horrible xemeneya
de fum y flama un brollador se veya;
        y per valls y montanyes,
        la terra, en agonía,
vessaba á glops lo foch de ses entranyes.
        Feréstech retrunyía
lo tro á ponent, lo terbolí y cridoria,
com d' algun continent que s' esllanega
ab ses ciutats, sos tronos y sa gloria.
Encara allá d' allá trona y llampega;
jo á trons y llamps estich temps há avesada;
mes á son cor Italia ja no 'm lliga,
        pus sols per ésser grega,
al vèurela en la fosca endormiscada,
per sempre li arranquí mon braç d' amiga.

LESBOS

        Entre Lemnos y Chío,
mentres á nit dormía en sòn ditxosa
(si no es que encara sòpita ho somío)
        mes dos meytats florides
        vegérense afegides,
com dos anells d' una cadena hermosa.
        Ja mes vinyedes d' Issa
        allargan sos domassos
per los jardins assoleyats d' Antissa;
ja l' anyell delitós ab quatre passos,
        de bardiça en bardiça,
assaboreix la jonça que entapiça

mes dues encontrades pariones;
y la mar, que entretalla mos ribaços,
afluixant á plaher sos flonjos llaços,
    mes dos filles bessones
avuy per sempre s' han donat los braços.
    Quant inhumanes dones,
sa lira trocejant y ses corones,
    la testa á Orfeu llevaren,
menys amargantes que llur cor, les ones
en sa falda de perles la copçaren:
y breçantla, breçantla condolides,
y amorosint ab besos ses ferides,
    en los jardins de Flora,
    de ma rosada vora
com present de les Ninfes la deixaren.
Obrint son llabi, que la mort esflora,
    com mústiga poncella
que reviva ab ses llágrimes l' aurora,
    allí lo nom sospira
    d' Eurídice la bella;
y jo al sentirho, sospirí com ella.
    Sa melodiosa lira,
    fontana de dolçura,
fou vora 'l Cisne entre 'ls estels penjada;
y jo de tan mirármela en la altura,
    ab terrenal figura
la seva celestial he copiada.

TEMPE

Rodant, rodant pe 'l cor de mes boscuries
lo Peneos, al pas de les centuries,
    com un corcer sens brida
aná perdent son galopar selvatge,
y dels meus rossinyols á les canturies,
y al bruyt suau del vincladiç fullatge,
    ses ones argentines,
dant besos á les flors y fent joguines,
de verger en verger s' emperesiren;

y á l' ombra dels rosers que 'l sol abeura,
en llit de lliri-jonchs y clavellines,
    dessota arcobes d' eura,
    com defallides nines,
pe'l son d' amor vençudes s' adormiren.
Lo lligabosch, espígol y roselles
al breçoleig de l' aygua s' esfullaren,
    y soles les estrelles,
de blau vestides y esplendors novelles,
d' estiu en nits serenes s' hi breçaren.
Avuy venía á enmirallarshi ab elles
    sa reina esblanquehida,
quant del Olimp y l' Ossa entre les plantes,
    obrintse ampla sortida
    les ones udolantes,
tornan al llit de sa corrent primera,
y jo, com en l' abril de ma florida,
torní á albergar la dolça primavera.
Veniu, veniu, oh, vèrgens de Tessalia,
com al rusch d' or les místiques abelles;
deixau per mes gemades fontanelles,
oh Piérides, les aygues de Castalia;
y desvetllant les dolces cantarelles
    que dormen en la lira,
    digaume:—¿quí retira,
cortina de mon cel, la cotxa blava,
que en mon ombrívol tálam m' abrigava?
¿al gegantí Peneos quí 'l desnía
    de mos flayrosos braços?
¿les aygues del Egeu, quí les desvía,
    com cerves temeroses,
    fent recular sos passos?
¿quí solleva en ses platges onduloses,
d' illes rihents constelacions verdoses?

Grecia respon —Es lo meu fill Alcides
    l' he vist desde la serra
que, mirador dels deus en la Tessalia,
    ovira l' ampla terra

60

jayenta arrodonirse en sa rodalia,
com un escut esmeragdí que volta
lo gran riu Occeá. Es mon fill qui solta,
Peneos esverat, tes aurees brides,
perque del Tempe y sos amors t' oblides.
        Es ell qui us ha descloses,
com de mon hort poncelles matineres,
        oh Cíclades herboses,
        Es ell qui á tu, Citères,
        y á tu que 'l nom prengueres
        á tes filles les roses,
vos ha fet del Egeu les portaleres.
        Es Hèrcules qui arranca,
Mediterrá, lo vel de tos misteris;
l' he vist obrint de Gibraltar la tanca,
        y envers los camps d' Hespèris,
        ab una encesa branca,
mostrar al vell Neptú nous hemisferis.—

Digué: y com de blanchs cisnes la covada,
vora son niu de riberenca molça,
        al ohir la veu dolça
de la que 'ls peix menjívola becada,
buscant les ales maternals, les illes,
de Grecia y del Egeu cándides filles,
aixecaren un cántich de naixença,
que, breçantles encare en ses conquilles,
recorda sospirant la mar immensa.
        Á un cayre de montanya
l' Oréade s' enjoya y se perfuma;
        la Náyade se banya
en la fontana de lletosa escuma;
dins la arrugada escorça de cada arbre
        bat lo cor d' una dea;
pren forma, vida y esperit lo marbre,
y en cada flor los Zèfirs amorosos
        veuhen los ulls verdosos
        de púdica Napea.
        Al compás de les Gracies,

armonisan sa dança en les riberes
los pastors al ombriu de les acacies,
y en lo cel blau les rítmiques esferes.
Y mentre ab sos joyells y ab los de Ceres,
	la enramellada Flora,
per cubrir de les illes la nuesa,
nova catifa de verdor ha estesa,
	Iris, que 'l sol anyora,
teixeix los set colors en sa garlanda,
	que 'l cel pendrá per banda,
y del sagrat Olimp entre les bromes
los deus fan lloch al més valent dels homes.

CANT VUYTE
L'ENFONZAMENT

L' ayguat domina les altures, y 's lligan per sempre les ones de
la mar del Nort ab les del Mitjdía, les del Occident ab les del
Mediterrá. Hèrcules s' acosta al mur de Gades. Se deixa pendre á
Hespèris de ses espatlles per Gerió, qui fa estimbar per damunt
seu una gran roca. Resurt aquell de l' aygua y mata al traydor.
Naix l' arbre *drago* y plora sanch vora 'l sepulcre. Hespèris
desde un cap de penya pren tristíssim comiat de la terra que se
'n entra, y cau en fantasiós desvari. Alcides, al posar los peus en
lo promontori, mata al gegant Anteu, y, fent arma de son
cadavre, empayta y fa perdre la mena de les Harpíes, Gorgones
y Estinfálides.

Mes ja, pe'ls llamps y onades arrabaçats sortían
de Calpe 'ls esgardiços y arrels al ample espay,
en daus cayruts y pannes que sa buydor umplían,
l' hermosa llum á veure que no vegeren may.

Y esgarrifats del caos, s' engorgan altra volta
damunt carreus que 'ls feyan ahir de fonament,
y 'ls antres tenebrosos d' aquella mar revolta
retronan y s' escruixen al gran capgirament.

De les gentils Hespèrides lo tálam s' aclofava;

llurs cims, desarrelantse, s' assèuhen en les valls,
y en aúchs horrorosos y gemegó' esclatava,
com dona que en mal part llança 'ls derrers badalls.

Als puigs obren sepulcre los plans que s' esbadellan,
donant per clots y balmes de mort bells esbufechs;
ciutats ja no s' hi enrunan, ni boscos s' hi escabellan;
d' un món en l' agonía mortal son los gemechs.

Lo minhocao enorme, que jeya en ses entranyes,
en amples traus al vèureles obrir, ab gran furor
ne surt per entre runes de pobles y montanyes,
y als monstres de les terres y de les mars fa por.

Altres ab ell l' abisme n' escup, que dins l' albeca
del arbre que s' aterra tenían aspre niu,
dragons, cerastes, áspits dels quals l' ullada asseca,
y boes grans que tenen l' anguilejar d' un riu.

Y esclatan, com resclosa que 's romp, les nuvolades,
y en fulgurants matéors y serps de foch los cels;
y sent cruixí' á la cárrega d' onades sobre onades
l' Atlántida, com feixos de canyes, ses arrels.

Y damunt seu, terribles com may descarregantse,
son front y pits calcigan les ires del Etern,
mentre en sos peus de roca, com rats-penats penjantse,
cap al bell fons la estiran los genis del Avern.

Pe'ls cims dels puigs y cingles, com braus sense barrera,
s' empenyen les zumzades del fort Mediterrá,
á toms ab altres cingles y puigs, que en sa carrera
fan rodolar á empentes, sens dirlos: «feuse enllá».

Aixis, del torb en ales, les mars del pol se baten
ab les ciutats y serres de glaç, illes y mons,
y trocejats y á timbes ençá y enllá 'ls rebaten,
seguits d' estols de feres y naus á tomballons.

D' eix mar al bram titánich, en son llit rugallosa,
part d' allá de l' Atlántida, respon la de Ponent;
y de turons per rompre la colossal resclosa,
rodants muntanyes d' aygua rebat de cent en cent.

Desfentse 'l mur de pedra, de soca á arrel tremola,
com faig, rey de la selva, de destral fèrrea als pichs;
ab aspre terratrèmol qualque marlet roçola,
mentre enrunantse cruixen sos fonaments antichs.

S' aterra, y l' enderroch, en ales de les Furies,
ab la maror va á rebre les ones de Llevant,
arreu arreu, les planes rublint y les boscuries,
arreu arreu, com arbres los puigs arrabaçant.

Topárense; ab llurs aygues llurs aygues barrejaren,
y ab llamps per lluminaries y d' ayre, terra é infern,
al tro y tarrabastall per música, 's lligaren
entre surantes selves é illots en llaç etern.

Quant l' univers Deu trenque, aixi's veurán sos troços,
passar, entre despulles, horror y solitut,
lo sol caduch, á palpes, buscant sos cabells rossos,
y la mort de ses víctimes trucant al atahut.

Mes del bruyt destriantse del Ángel la paraula,
atía á sa gran víctima més Furies y llampechs:
— ¡Pujau del Nort; baixaune del Sud; tempestejaula;
feres aquí, prenèuvosen los troços á mossechs! —

Y ab lo fuet flammíger de sa rogenca espasa,
los percudeix y aquiça, cada guspira un llamp;
y 'l regne que se 'n entra, la vila que s' abrasa,
fan ab la mar, los núvols, y cel y terra un bram.

Tan sols del cor d' Alcides les ales no decauhen;
nadant s' adreça á espatlles de l' ona, ab gran esforç,
y ovira unes ciclópees muralles que l' atrauhen,
com un cant de sirena que 'l crida á un llit de flors.

Era 'l teu front, oh Gades gentil, filla de l' ona,
gavina que en un cálzer de lliri feres niu,
palau de vori y nacre que 'l sol de Maig corona;
li sembla al hèroe, al vèuret, que un cel d' amors li riu.

Mentre ells, enderrerintse, glopejan l' aygua amarga,
ab embranzida rema, de cara al aspre mur,
y 's penja á una palmera que Gerió li allarga
entre 'ls marlets de rònega torratxa, ab braç segur.

Per dar primer á Hespèris socós, al arraparshi,
del dors atlètich d' Hèrcules la pren, y á reculons,
al vèurela tant bella, fogós per abraçarshi,
deixa esmunyir la antena, que roda ab l' hèroe al fons.

Per darli en lo sepulcre del mar immensa llosa,
un gros penyal fa cáurehi que estava primparat,
montanya sens rabaces, que, en terra ja fent nosa,
d' esquitxs y bruyt dins l' aygua remou la tempestat.

Va encara pe'ls abismes tombant rodoladiça,
quant Gerió, allunyantsen, á Hespèris gira 'ls ulls,
y en sa ilusiò, com rosa de bosch esfulladiça,
li besa 'ls polsos que ornan com march sedosos rulls.

Però la mar, obrintse de colp, bromerejava
més enllà, un front eixintne y espatlles de gegant,
y com llamp, rebatuda per fèrrea má, una clava
volá á aterrar al monstre, pe'ls ayres foguejant.

Tu sola, hermosa Gades, tu sola te 'n dolgueres;
naix de ton pit un *drago* plorós vora aquell fanch,
y ab son fullam d' espasa vert cobricel li feres,
que l' arruixá molts segles ab llágrimes de sanch.

Ella á sa patria 's gira d' un promontori al cayre,
cercantla en va del caos d' horrors en los rebulls;
tot li prengué 'l sepulcre hont baixará ans de gayre,
puix ja, ressechs, ni poden llagrimejar sos ulls.

Al flamareig girada de sa Sodoma encesa,
de Loth sembla l' esposa, tornada bloch de sal;
desclou l' estátua 'ls llavis: — ¡Ay! llochs de ma infantesa;
¿no vos podré ja veure, ni als raigs d' eix trist fanal?

¿Hont ets, hort hont cullíam ahir roses y lliris?
¿hont sou, mes flors, marcívoles Hespèrides, ahont?
Mos braços erts vos cercan ab febre en mos deliris,
y á mon senglot que us crida lo vostre no respon.

Sols ronques veus de monstre responen devegades;
aquell de qui son presa ¿per què 'm deixava á mí?
¿per ell ¡ay! ab la saba del cor vos he alletades?
¿per ell entre agoníes de mort vos infantí?

¡Ningú, com jo, infeliça! los vinyaters podaren,
y 'l bou de mar verema; per darlos llit molçós,
niharen les cigonyes, los magraners brostaren;
mes jo parí per péixels mon fruyt! Volgut espòs,

y tu ¿què has fet del carro flamant de tes victories?
¿què has fet de l' áurea lira que 'l cel tenía pres?
Com neu que 's fon, passaren ta anomenada y glories,
y si una tomba 't resta, sols l' ona sab hont es.

Dels regnes que venceres alguna nau rumbosa,
llaurant la mar que 't colga, crescuda ¡ay! ab mon plor,
ab la dent de ses áncores arrancará la llosa,
perque un marisch me robe la bresca de ton cor.

Jugará ab les garlandes de nostre prometatge,
que jo estojí, la escórpora que entre les roques viu;
y ¡ horror ! en nostre tálam flayrós de nuviatge,
ab rinxos de mes filles tal volta fará niu.

¿Y nostres fills, tant candis un temps? ¡oh estimadíssim!
de llurs calcinats cossos les feres fugirán
l' Atlántich al gitarlos; ¿per què, per què, oh Altíssim,
no 'm fereu morta náixer havent de patir tant?

Fereu les flors com cálzers per bèureusen la flayre;
los arbres per servírvosen com de ventalls de flors;
l' aucell perque refile; perque lo brece l' ayre;
y á mi, com la mar fonda, m' umplireu d' amargors.

Mes ja pe'l terratrèmol me sento obrir la testa,
mos ulls perden lo veure, mon cor l' aletejar,
me du 'l gemech dels regnes que espiran la tempesta,
y ¡ay! com xipré' aquí moro vetllant ab llur fossar. —

Digué: y, sols per no veure lo quadro funerari,
d' espatlles s' hi mitj gira, y al terbolí y trontolls
rondatli 'l seny en térbol, fantasiós desvari,
se 'n va esvanida y sòpita per terra de genolls.

— ¡ Ay ! mos poncells veig caure del cel com una pluja,
donantlos per entrada son cráter fosch l' infern,
com reb la mola rústega lo blat de la tramuja,
hont los atía 'l llamp del anatema etern.

Mes filles, ¿y vosaltres? jo us prometía imperis
y ceptres, y vos dono set palms de mar tan sols!...
¡De tres caps ¡ay! lo monstre! ¡fugim!... Ta dolça Hespèris
so, que truco á ta fossa. Mon Atlas ¡ay! ¿m' hi vols? —

Ronchs himnes mortuoris murmura al lluny l' onada
ab la maror, rufaques y trons en desacort;
y á un tany de taronger sa lira d' or penjada,
exhala sa anyorança, com ella, en ays de mort.

Però la mort sa dalla no branda, no, per ella;
ans, desviantli 'ls ulls del espectacle fer,
ab un bech de ses ales acluca sa parpella,
perque dels fills no veja l' esgarrifós xafer.

Dintre 'l rebull Alcides esquitlla, entre zumzades
anantes y vinentes, esgalabrat y xop;
y, rebent en cada illa y escull ensopegades,
del sauló de la vora muscleja més aprop.

L' hi esperan ab los Númides, Harpíes y Amazones,
feram que foragita del África 'l desert;
¿vindrían á donarli, pot ser, enhorabones,
per haver de cadenes deixat lo mar llibert?

Tant bon punt vers Hespèris li veuhen pendre terra,
com llagostada cauhen d' Alcides al damunt,
derrera Anteu, que 'ls mena, semblant á un cap de serra
que rode empès pe'ls braços de foch del Simoun.

Mes, com pe'l llamp ferida, tota África s' assombra
quant l' hèroe á son guiatge titánich escomet;
la voliayna es última que fuig devant sa escombra,
la escombra que de monstres lo mon deixava net.

Tres voltes á ses plantes d' un colp Anteu rodola,
del fanch sempre aixecantse ab renadiu dalit;
quant l' altre ab fèrrea grapa l' estreny y l' enarbola,
fentli cruixir com llenya los ossos dintre 'l pit.

Lo llança, y reprenentlo pe'ls peus, infernal maça,
lo rabaçut cadavre fueteja sos vassalls;
com lo foch que esperona los núvols, per hont passa,
de fera, d' home y d' arbre sols quedan esborralls.

Prou tíranli ruixades de darts les Amazones,
de closques de tortuga marina fent escut ;
prou de ses dents y braços fan arma les Gorgones
y de sos ulls, que tornan de pedra á tot vençut.

Mes totes cabuçaren al mar esparverades,
com grues que arrabaça de terra un mal hivern;
y en ella, estabornides á colps y alatrencades,
Arpíes y Estinfálides fugiren al infern.

CANT NOVE
LA TORRE DELS TITANS

Mitj batuts per la maror, los Atlants s' enfilan á una serra,

no somoguda encara per les ones. Desesperant d' arribar á
Gades, provan, per fugir del diluvi, d' escalar lo cel. Quant n' está
á tres dits la torre, feta d' esculls y troços de montanya, se 'ls
aterra, y ab horrible imprecació rebaten contra Deu los bocins
del enderrocat edifici. L' Exterminador atía contra ells los
elements, y ab sa tallanta espasa acaba d' obrir l' abisme del
Atlántich en la terra. S' hi enfonzan los Titans, y de llur sepulcre
brota 'l volcá de Tenerif. L' Angel enveyna son glavi de foch y
remunta als núvols, despedintse dels altres continents fins al
dia del Judici. Allá dalt, s'ou un cántich de gloria al Altíssim. L'
Angel de la Atlántida, tornant-se al cel, dona al Angel d'
Espanya, que 'n devalla, la corona de la que fou reyna dels
móns. La veu del Teyde. Los terratrèmols de les illes atlántiques.

¡Oydá! que anit vos sobra, taurons y aufranys, carnatge,
y encara us posa á taula l' Atlántida 'ls seus fills,
que debategan aygues ençá, llur crit selvatge
lligantse en chor feréstech del mar ab los renills.

Los Atlants á l'inflada maror se somorgollan,
tant prompte com resurten en báquich reguitzell;
y ja avant, ja á recules y á toms, uns s' agromollan
ab altres, armes, feres y tronchs en gran cabdell.

Com del Mar Roig les ones en mur arrestellades
damunt Moisés, al ròmpres á l'aspra veu del tro,
en esgabell rodaren al fons esllleviçades,
dant fossa al riu de llances y gent de Faraó;

aixís corcers y carros, ballestes y corones
rodaren ab escumes y pols en terbolí;
tot vivent demanava socors, y entre les ones
responían los negres cetacis: — Som aquí. —

Si, com Tritons llotosos, del aygua poden traure
lo cap, aguaytan lluscos si l' hèroe en lloch se veu;
y creuhen, no ovirantlo, que en lo pregon deu jaure,
y ab tal que ell mòria, perdre la vida no 'ls sab greu

Llur ciutat, com un atxa, flameja que flameja;
apar veure una mare condemnada á fer llum
ab son ossam de torres, que ja l' abís colleja,
als fills, que també llançan de condemnat ferum.

Á sa claror, s' arrapan á un esquenall de serra,
que encara al gran diluvi la testa no ajupí;
y 'l fanch de ses parpelles trayent, saltar en terra
al de Beocia oviran d' Espanya en lo jardí.

Desesperant ferotges de beure la sanch seva,
quan ja embriachs de rabia la tenen á mitj coll,
contra la má de Deu, que á llurs unglots la lleva,
de llur cor lleig esclata la verinada á doll.

Y agafan ¡au! tronchs y arbres que al cru rocam s' estellan;
penyals, que s' engrunaren tombant al damunt seu;
y amunt, timberes sobre timberes arrestellan,
segurs ab tal escala de cabuçar á Deu.

D' una estrebada arramban ciclòpichs edificis,
ossades de balena, conreus y pedregams;
hont jeya una montanya ja hi badan precipicis,
ses crestes d' una á una llevantli y sos rocams.

Si en lo refluix ensenya cap bosch ses cabelleres,
garfíntleshi l' arrancan, y, penjat com rahim,
ab ses afraus pe'ls ayres, ses balmes, rius y feres,
á assèurel damunt d' altres l' envían cap al cim.

Ja 'ls Pirineus y l' Atlas brancut son una serra,
á espatlles l' un del altre, turó sobre turó;
y Ábila y Calpe, esberles d' Atlántida y desferra,
de troç en troç, hi colcan encara ab confusió.

Y ells dalt, los uns als altres al dors acimbellantse,
olmedes, puigs y núvols amunt escalonant,
y á la estrellada cúpula dels astres acostantse,
per amarrarshi aixecan los braços de gegant.

¡Ira de Deu! ¿que dorms? ¡Oh no! que á ta rufaca,
sa cárrega, la torre d' arrels de ferre, esbat;
com sacudeix la seva de fruyts y fullaraca
l' alzina que l' espurna del cel ha corsecat.

S' aterra 'l castell d' hòmens, del puig de puigs que alçaren
ab los blochs, en horrible cascada á cabuçons;
de cel amunt á terra, de terra á mar tombaren,
de montanya en montanya capgirellant al fons.

Dintre 'l pou de l' abisme pregon tot despenyantse,
s' escabellan y afonyan los fronts pe'l llamp ferits,
y, á tall de nuadices serpents estrelligantse,
se clavan verinosos caixals y unglosos dits.

Fins l' ánima, en ses ires, arrabaçat s' haurían,
ells ab ells esberlantse lo front á colps de peu,
sinó perque, abans d' hora, morint, apagarían
la tempestat que puja de llur sepulcre á Deu.

—¿Hont es? - satánichs cridan; -¿hont es? ¿per què s' amaga?
No té ja mort que mate, ni terra per colgá'ns;
si del llamp se refía, corsecador, no 'l traga,
que anam á arrabaçarli ¡ malhaja ! de ses mans. —

Escolta Deu, y atura lo foch que de la cima
devalla ja á fer cendra d' aquells tions d' infern,
mentre ells, á qui sols l' odi sacrílech reanima,
al mar demanan armes de mort contra l' Etern.

Com taups furgant resurten del fons á quatre grapes,
y apilan los cadavres dels anegats á munts,
y, agabellantlos d' arsos y romaguera ab rapes,
als vius fan de passera los enarcats difunts.

Los boababs que troban, al pendre terra, ab furia
romputs, al cel voleyan ab la marjada, ahont,
com á sapats, musclosos gegants d' altra centuria,
retreyan á les serres los jorns primers del mon.

Alguna de llurs dones que 'ls va ab l' infant derrera:
—¿Què feu?—esgarrifada los crida;—donchs ¿què feu?—
Ells garfeixen son flonjo cabell, verts de quimera,
y al cel tirantla,—Vòlahi,—li diuhen,—si ets de Deu.—

Barraques, naus, esberles de torre, hi voleyaren,
que en terra son montanyes al caure, al mar illots;
recers en que les foques un jorn s' enterrossaren,
y agulles hont penjavan llur niu los aligots.

Serrats del regne fites, esculls y promontoris,
ab son alam pe'ls ayres fan de la terra uns llims;
volant, volant, empaytan los sòcols als cimboris,
y dels capgirats cingles devalla l' aygua als cims.

Y 'ls cims de les montanyes topant ab ses rabaces,
y aqueixes ab los astres, del cel en lo pregon,
tornan á caure en pluja de crepitantes masses,
y apar desferse en runes, esllenegat, lo món.

En tant lo torb, muntant en ales de les Furies,
juga ab los pans de terra que'l mar cent colps li ha pres;
y udolan tots, com llops al fons de les boscuries,
l' anyell, de que sentían ferum, quan ja no hi es.

Mes l' Ángel atiantlos: — ¿Que feu? Desarrelaula;
de son tronch feune estelles, tions de son brancam;
com herba que l' Altíssim ha malehit, cremaula,
y aprés ventau la cendra d' infern que 'n deixe l' llamp.—

Ouhen, y 'l mar ses ones, sos fochs lo cel atura;
sua sanch la montanya com un rahim prempsat;
debatega ab sos golfos ferriços la natura,
per amagarse trèmola dintre l' abís badat.

Com riu que del Empiri baixás de broma en broma,
cau una espasa borlada de llamps; y l' alt turó,
que no podrá somoure lo cel si s' hi desploma,
aydat dels vents, les aygues y 'l foch en esplosió,

trabócas, ab sa cárrega, com un breçol de canyes,
y, ample y golós badantse, llaviejant maelstrom,
negrós aljub la terra los mostra en ses entranyes,
que fins á la més fonda mitj s' esbadella y romp.

Esferehits reculan; mes, ohint ja á llur sobre
desbotar del Arcángel lo tormentós alè,
capitombant rebátenshi quant més ses barres obre
gojós l' abisme al vèures, d' una fornada, ple.

Ciutat, cinglera, Atlántida y Atlants d' una gorjada
devora, llot y escumes, balenes y aucellam,
y, en remolí terrible d' infern, la torrentada
de pobles y garrigues, vaixells y pedregam.

S' hi inferna regolfada la tempestat feixuga,
y 'l torb ab qui 's batía per l' aygua á revolcons;
si torna á obrir la boca lo monstre, 'l mar s' aixuga,
y sols hi haurá per darli los astres á crostons.

S' enforna l' arma, y torna lo xucladò' un Vesuvi
que á cada punt flameja y udola ab més rugall,
d' hont puja arrasadora columna d' un diluvi
de foch, que runa y aygues no 'n son bon aturall.

¡ Cástich gran ! ab llurs eynes rojenques, rochs y grava,
llenya del Teyde, pujan Atlants á capgirells,
que copça l' ample cráter, envolts ab rius de lava,
per més amunt rebatrels de flama ab grans cabdells.

Tremola tot realme vehí; ab lligams de marbre
fermat al que se 'n entra, prou té que tremolar;
Albion, Espanya, Libia, com branques ab llur arbre,
ara-abans-ara á troços cabuçan á la mar.

¿Qui trencará aquells braços ab que á llur coll s' aferra
«¡no 'm deixeu, com dihentlos, germanes del meu cor!»?
¡Poder diví! s' enfonzan, romputs de serra en serra,
y d' aygua un bull sols resta, que minva, minva y... mor.

Llavors lo Geni enveyna la espasa abismadora.
Com dóna 'l colp terrible mon llavi no ho sab dir;
podría sols contarho sa veu retronadora,
que no ohirá altra volta lo món fins á morir.

Mes vetaquí de l' África l' Europa desjunyida,
entre elles mentres colca les mars un mar major,
y esbrancada la terra, y en dues mitj partida,
per nous volcans esbrava les flames de son cor.

Quant l' hortelá veu la aygua per la reguera corre
que ha obert, s' atura, al mánech del cávech repenjat;
aixís l' Ángel espera que 'l puig més alt s' ensorre,
y, estreb d' argent la lluna donantli, ha al cel muntat.

D' allí ab recança 's gira llampegador als altres
continents, —á reveure,—cridant;—quant tornaré,
será la mar que us colgue de flames per vosaltres;
¡temeu á Deu, que 'l día dels grans judicis ve!—

En tant l' Empiri adolla sos himnes de victoria,
en sa ala armoniosa breçant lo món suspès.
¿Qui us assoleix? ¡l' Atlántida, gran Deu, puja á la gloria
per grahons de montanyes; tronau, y ja no hi es!

Troç de cel, al criarla, la fereu ploure á terra,
perque vostre designi tant alt s' hi benehís;
malagrahits servírensen sos fills per móureus guerra,
y ab ells y sa armamenta llançáreula al abís.

Tan sols per fer renáixer los que l' amor sospira
jardins de les Hespèrides, deixáreuhi llevor;
una ona esborra l' altra, lo món al món capgira,
sols, astre d' altra esfera, la vostra llum no mor.

Sirena que, d' entre ones eixint, engallardida,
s' enfila á un promontori d' amor á refilar;
y per son cant, que 'ls ayres enmela, ve amansida
la mar ab salats llavis sos peus á apetonar.

74

Espanya, pe'l chor d' ángels cridada, s' esparpella,
y veu que 's lliga un pèlach ignot á son cos nu.
— ¿Quí relleva en ton cel l' estel caygut? — diu ella
y, als braços estrenyentla, joyós responli: — Tu. —

Mes l' alba ja, á faldades sembrant perles y lliris,
com tendra mare, guía pe'l braç al sol naixent,
y á son bes dolç, encesos y engarlandats del iris,
pe'ls ayres s' esbargeixen los núvols d' Occident.

Entre ells, bonichs y rossos, dos Ángels s' ensopegan;
plorós l' un puja, l' altre va rialler dret baix.
— ¡ Ay dolor ! ¡jo era l' Ángel dels regnes que s' anegan!
— Jo ho so, —l'altre responli, —del que en sas runes naix.

—¿No mor per sempre? Fènix ¿reviu en llit de lava?
Sí, puig á Orient veig l' astre renáixer que aquí 's pon.
Vetaquí sa corona d' or fi, que me 'n pujava:
del món quant sía reyna, li posarás al front.—

Li dona, y la volada repren, aixís dihentli,
tot sacudint la pols de ses ales de neu,
mentre aquell baixa á Hesperia que s' alça, mitj rihentli,
del respatller de serres florit del Pirineu.

¡Mes ay! ¿hont es l' Elíseu occidental? ¿d' Hespèris
lo tálam, hont nasqueren Hespèrides y Atlants?
¿la terra que ab sos braços lligava 'ls hemisferis?
Tot fou, arrèu, pastura d' abismes devorants.

Y al món, dels que'l volcavan, ni sols petjada 'n resta;
l' Etern d' una ditada borrá sa multitut;
y 'l tro de llurs batalles, y 'l llamp de llur tempesta,
passaren, com les aygues d' un riu escorregut.

Fins la memoria 'ls segles perdrían de llur fossa,
sinó pel Teyde ignívom, que encara'n parla al mar
d' aquella nit que'n feren plegats la gran destroça;
y aqueix escolta y brama com si hi volgués tornar.

¡Oh! ¿no has sentit pe'ls núvols rodar son aspre cántich,
com per ratllades timbes y penyalars lo tro,
quant, ab pulmons encesos, eix Geni del Atlántich
als móns que naixen conta d'aquell la destrucció?

Li cau al dors de lava la immensa cabellera;
d'un glop de flames umple de gom á gom los cels;
com naus ab ell se gronxan les illes, y derrera
son roig plomall s'amagan de por los vius estels.

Llavors, diu que al esbatre, com sos aglans un roure,
roques en brasa, entre elles, fets infernals tions,
Titans pujan y baixan, y, com caldera al coure,
mostrantlos se'ls engola de nou á tomballons.

Y, enujats, devegades aquelles ossamentes
que del cadavre atlántich gitá l'abisme fart,
en terratrèmol rompen á revolcons y empentes,
del Etern que 'ls hi clava tot rosegant lo dart.

Les Canaries, Madera y Azores se somohuen,
no podent ja'ls titánichs esforços resistir;
ensemps, com trons d'infern, ays soterranis s'hi ouhen
y de ciclòpea farga lo fulgurant respir.

Llavors apar, l' horrible volcá, foguera d' ossos,
de carros y armadures, alçada pe'l fosser
damunt volcades timbes y puigs, escala á troços,
per hont al cel muntavan los fills de Llucifer.

CANT DESE
LA NOVA HESPERIA

Digressió: lo sabi religiós gira 'ls ulls á sa patria. Somni d'
Hespèris. Coneix la branca de taronger plantada per Hèrcules.
Anyora la terra enfonzada. L' hort de les taronges d' or renaix en
Espanya. Les set Hespèrides convertides en estels. Lo cant del
cisne. Hèsper. Los fills d' Hèrcules y d' Hespèris. La regina
destronada. Galicia y la torre d' Hèrcules de la Corunya. Eleano.

76

Lusitania. Sagunto. Balada de Mallorca. Fundació de Barcelona. La veu del Táber. Hispalis. Lo Deu desconegut y son temple en Gades. Hèrcules posa per fites á la terra les columnes del *Non plus ultra*.

Com viatger al cim d' una pujada,
d'hont ovira sa terra somiada,
aquí 'l bon vell sospira de dolçor;
y vehentla verdejar hermosa y bella,
passeja 'ls ulls, enamorat, per ella,
rejovenit sentint volarhi'l cor.

Colon mira l' Atlántich sense mida,
com si hi sentís alguna veu que'l crida;
com si, de genis, monstres y gegants
entremitj dels fantasmes vagarosos,
ovirás d' una verge 'ls ulls verdosos,
verdosos com les ones y amargants.

Mes l' en distrau del sabi la veu forta,
que á Espanya la seva ánima se'n porta;
déixals volar, oh patria, per ton cel;
ensènyals bé tes ribes y encontrades,
hont de qui't feu se veuhen les ditades,
com les de l' áurea abella en pa de mel.

De tant feixuga cárrega la terra enlleugerida,
á deixondar á Hespèris lo rey dels hèroes ve,
que, vora 'l promontori de Gades ensopida,
somía encara estrenyer les filles que no té.

Y, aprés, en l' ayre vèureles pujar ab gran canturia,
com blanchs tudons que deixan llur niu en les eureres;
y, al ferse fonediça pe'l cel la voladuria,
girárseli, y que hi vole signarli rialleres.

—Ja vinch, —diu, y's desperta d'un altre espòs en braços;
coneix lo reboll tendre d' ahont penjá la lira;
y, al vèurel testimoni dels maternals abraços,

dels infantívols somnis y esbargiments, sospira.

—¡Oh cimeral del arbre, —li diu, —que 'm veres neixer!
Del teu redós ¡oh! fésmen plaher fins á morir;
jo 't faré de mes llágrimes ab la regada creixer,
y escoltarás planyívol lo meu derrer sospir.

Mentre 'm recolzo sota ta verda cabellera,
ab renadiues fulles abriga mon cor nu,
que jo, esqueix trasplantat á platja forastera,
no sé ¡ay de mi! arrelarme, ni reflorir com tu.—

Creix l' arbre; y ans de gayre, de ses branquetes flonjes,
á penjoyades, queya la pura y blanca flor,
y entre 'l vert groguejaren, á rams, belles taronges,
com en cel d' esmeragdes ruixat d' estrelles d' or.

Y prompte sa tanyada guarnía, ab grans boscuries,
verdós mantell á Espanya de tota flor brodat,
y ab sos aucells, murmuris, aflayres y canturies,
renaix, sens les Hespèrides, llur hort malaguanyat.

Bé prou que ho diuhen elles, pujades al Empiri,
al ferse cada brosta del taronger un maig;
com ulls del cel, per vèurel sortiren á lluhirhi,
ahont ploran encara plegades á bell raig.

Les filles que d' Alcides tingué en Hesperia alegra,
gentils com ella, foren de dolç y tendre cor;
y com sos ulls tingueren y cabellera negra,
sa morenor de verge, que fa penar d' amor.

Mes ella sempre gira los ulls en sa anyorança
vers hont plorant, com Eva, deixá son paradís;
y, despenjant la lira de trista recordança,
fa, cisne d' altres aygues, son últim cant així:

—Terra felíç del Betis, bé n' ets d' hermosa y bella!
mes ¡ay! la de mos pares may la podré oblidar;

¡oh! jo vull dir als tebis Lleveigs que venen d' ella,
si en un plech de ses ales voldríanmhi tornar.

¡Qué hermoses sou, mes filles! mes quant vos miro riure
lo riure de les altres Hespèrides anyor;
y aquí, vora llur náufrech breçol damnada á viure,
de fil á fil en llágrimes me sento fondre 'l cor.

So l' herba paratgívola del test arrabaçada;
tinch márgens, sol y sombra, poncelles y zefir;
mes, sens un bes del ayre flayrós que m' ha breçada,
¿que podré fer, digaume, sinó plorá' y morir?—

Morí; y de la despulla del cos sa ánima salva;
vers l' esbart de ses filles, les Plèyades, volá
dret als aurífichs portxos endomassats de l' alba,
desde ahont, condolides, allárganli la má.

Senglotejant les altres aguaytan la coloma,
amunt, amunt, tan d' hora pujárselsen al cel;
aprés, al esboyrarse de llágrimes la broma
que la encortina, veuhen parpallejá' un estel.

Es Hèsper, que á l' Aurora badar sol les parpelles
ans d' aclucar les seves son ull enlluhernat;
y, al vespre, apar que sembre de voliors d' estrelles
lo cel, seguint lo ròcech del sol ja tramontat.

Perque diu l' hora, al pòndres, dels somnis y amoretes
en l' argentí hemisferi, quadrant del Criador,
y es de mirar dolcíssim, donárenli'ls poetes
l' escaygut nom de Venus, deesa del amor.

Per l' ull serè d' un ángel la prenen les pastores,
mes los brillants que rosan llurs polsos al matí
diuhen que son, Hespèris, les llágrimes que ploras,
tos ulls al despedirse del espanyol jardí.

Á sos fills y niçaga deixáns la dolça lira;

lo grech degué afegirhi vibrantes cordes d' or;
puix quant canta les guerres, y quant d' amor sospira,
desvetlla encara 'ls somnis ò tempestats del cor.

Font que del cel adollas la música á la terra,
oh lira, vessa encara tos cántichs matinals;
escámpals com niuhada d' aucells pe'l pla y la serra,
y cántali á ma patria sos may escrits annals.

Així com los plançons se semblan al vell roure,
al domador de monstres retiran los fills seus;
es fama que la terra llurs nets farán somoure,
com góndola al posarhi son timoner los peus.

Un día'ls deya, tendres minyons eran encara,
que, al saltar de la falda de Montjuich al mar,
una ciutat bastirhi jurá, que s' en parlara:
—¡Anemhi!—tots responen;—vos hi venim á aydar.—

Y venen tots en rua, d' Alcides en seguici,
que s' obre pas entre arbres y roques com un riu;
quant feta un mar de llágrimes, cansada y ab desfici,
gentil minyona, —pláciaus ohir ma cuyta,—'ls diu.

—Nadiua so dels márgens que al aixamplarse anyora
lo Minyo; fou lo trono dels avis mon breçol;
ell mon aurífich tálam y mon sepulcre fora,
uns caldèus á no tráurem, adoradors del sol.

Volían, per son ídol guiats, al seu derrera,
vers Occident, la terra voltar fins á sa fi;
topant en Finisterre del mar en la barrera,
al sol per ferhi una ara, llançárenme d' allí...—

Un bell esclat de llágrimes clou á mitj dir sos llavis;
mes s' atança Galacte, li fa Luso costat:
—Te 'l tornarèm, ho juro, lo trono de tos avis,
ò no meresch d' Alcides ser fill. —Pren trist comiat

d' aqueix, ab amorosa dolcíssima abraçada,
y ab la plorosa estrella, que 'l guía á un cel d' amor,
s' en vola á Finisterre , com fletxa desparada
del rey dels de Caldea per travessar lo cor.

Com arbre que en l' aubaga s' aterra, l' esternía,
y aixeca als núvols d' Hèrcules la torre damunt seu,
ahont un far relleva de nits l' astre del día,
vetllant aquelles terres y mars com l' ull de Deu.

Allí los dos guarniren, al bruyt d' ones amigues,
son niu, hont feren vida d' aparellats coloms.
Galicia y la més forta de ses ciutats antigues
ab llurs conreus y ovelles han heretat llurs noms.

La mar hont s' enmiralla Corunya, hermosa y fera,
veurá náixer á Elcano , qui durà á fi arriscat
l' empresa de seguir lo sol en sa carrera,
puix li dirá la terra:—Primer tu m' has voltat.—

Y Luso ¿hont se decanta? Duero 'l vegé y Guadiana
fer lliga ab hòmens d' ayre guerrer y marinesch;
no 's diu que un trono hi haja trobat ò una fossana;
de Lusitania 's parla tan sols, nada de fresch.

Davanter de sa colla minvada, 'l grech faldeja
les serres de Granada, com elles gegantí;
y, per afraus y conques, cap á Llevant, voreja
la mar á que les portes de Gibraltar obrí.

Vora 'l Palancia, sota lo parasol d' un arbre,
colltorç un d' ells, y creuhen que dorm de cansament;
quant van á deixondarlo lo trovan fret com marbre,
veyent de ses aixelles descargolá' un serpent.

En lo frescal placèvol que ab sanch Zacinto mulla,
humit ab sanch de mártirs, hi brotará un palmar,
lo palmar de Sagunto, d' immustehible fulla,
del qual á l' ombra á Espanya li plau llagrimejar.

Plorava també 'l pare, com cep quant li fa caure
la torta podadora son primerench rebrot;
l' endemá, al destrenarse lo sol, lo ve á distraure
un cant, que aygues endintre respon á son senglot.

Si era cant de sirena, Mallorca, tu ho sabrías,
si era cant d ' alegroya sirena ò era 'l teu;
però d' envers les platges vingué ahont tu somías,
besada per les ones, com filla del cor seu.

BALADA DE MALLORCA

Á la vora-vora del mar hont vigila
Montgó, 'ls peus á l' aygua y als núvols lo front,
umplía una verge son cánter d' argila,
      mirantse en la font.

Son peu de petxina rellisca en la molça,
y á troços lo cánter s' enfonza rodant;
del plor que ella feya, la mar, que era dolça,
      tornava amargant.

Puix l' aygua pouhada cristall n' era y perles,
com gayres no 'n copçan los lliris d' olor;
¡no es molt si sospira, quant veu les esberles
      del canteret d' or!

La mar se 'n dolía, les pren en sa falda,
y al Maig, per plantarhi, demana un roser;
Valencia, á tes hortes verdor d' esmeralda,
      y á ton cel dosser.
Per breç la conquilla de Venus los dona,
gronxada pe'l Zèfir de vespre y matí,
y 'ls testos, que una alba de roses corona,
      ja son un jardí.

Ab flors de l' Arabia l' enrama y perfuma;
y d' África ab palmes, d' Europa ab aucells,
alegra ses ribes, que 's prenen d' escuma

més amples cinyells.

Tres eran los testos, tres foren les illes;
y, al vèureles ara volgudes pe'l sol,
les crida á sos braços la terra per filles,
    y'l mar se les vol.

Atret pe'l cant melòdich, Baleu, de vora 'l Turia
pren vela vers Mallorca, la terra dels foners.
Si 'n ve una pedregada derrera la canturia,
d' un altre fill Alcides que plore 'l fat advers.

Mes polsa, dins la barca, les cordes d' una lira,
y los mandrons y fones s' esmunyen de llurs mans;
y, oferintli llurs braços de ferro per cadira,
vora un *claper* lo duhen, sepulcre de gegants.

Com llurs superbes ombres per rèbrel desvetllades,
torrejan dotze pedres dins un palmar florit,
entorn de l' ara immensa del sacrifici alçades;
soldats de roca, en cercle voltant son adalit.

Allá de flors y fulles d' alzina lo coronan,
teixint mítiques dances donzelles y minyons,
mentre 'ls guerrers un cántich de benvinguda entonan,
fentli present d' un ceptre de vori, á genollons.

Sardus, que ab ell venía vogant desde la riba,
vers Sol-ixent decanta la proa escumejant:
Cerdenya, tes montanyes, d' argent y d' or font viva,
son nom escrit ab lletres de *nurhags* guardarán.

Repren la vía Alcides; y, dant á Barcelona
del mar lo ceptre, en braços l' asseu de Montjuich,
gegant que en vetlla sempre, mentre ella 's mira en l' ona,
ab cent tronantes boques n' esquiva l' enemich.

Lo munt mateix bestrauli penyals per sa muralla,
que á grans carreus arrancan ab maces y tascons;

si algun d' insoportable n' hi há, també hi devalla,
arreu trinxant pollancres y tells á tomballons.

Per coronar eixa obra de cíclop gegantina,
de Barcelona al centre plantá un verger feliç,
sobre uns pilans, del Táber al cim, hont sa ruhina
du escrit al front encara lo nom de Paradís .

Diuhen que allá, un cap-vespre de vent y de tempesta,
sentí la veu que en Calpe l' umplí de sant terror;
mes no ja com lo carro del tro rodant feresta,
sinó baixeta y dolça com un sospir d' amor.

—Jo so,—diuli,—qui 't duya pe'l braç, com infant tendre,
á esquarterar y rompre l' occidental Babel;
jo so qui ab la guspira del llamp la vaig encendre,
quant alçá, fent dels núvols escala, guerra al cel.

Jo so qui ab ses maresmes sos cims anivellava,
qui escambell de tes plantes feu monstres y Titans,
qui fa mons y 'ls esborra; lo que en tos dits la clava,
tal fores tu: la clava pesanta de mes mans.—

Ou l' hèroe, y dels dits l' arma veu esmunyí'; y, sens força,
sentí de fret sos òssos gelarse y escruixir;
vell arbre que veu caure les branques y l' escorça
al bes del mateix ayre que 'l feya un temps florir.

De ses gegantes gestes trencada la cadena,
aquell per qui la terra fou camp de sos esplets,
de tot, sense conèixe'l, fentli agrahida ofrena,
jurá que 'l Deu de Túbal sería 'l de sos nets.

Y ho fou; puix vora Gades bastírenli un gran temple,
del qual entre les runes l' Atlántich s' ha ajagut;
y allí, ab sa clava y cendres, guardavan son exemple
dessota l' ara santa del Deu desconegut.

Son retaule, esperantlo, no mostra cap imatge;

mes, als raigs de la flama sagrada que may mor,
los treballs se llegeixen del hèroe, en lo brancatge
carregat d' esmeragdes d' una olivera d' or.

Quant del cel la Olivera floría en lo Calvari,
de genollons lo temple caygué davant son Deu,
que per altar volía la terra, y per sacrari,
ditxosa patria meva, volía lo cor teu.

Y ans que ton Deu, oh Espanya, t' arrancarán les serres,
que arrels hi té tant fondes com elles en lo món;
poden tos rius escorres, venir al mar tes terres,
no l' ull, però, aclucarshi del sol que may se pon.

Mes Hèrcules, tornantsen del Betis á les platges,
doná á la antiga Hispalis riquíssim fonament,
llorers y setelíes per flonjos cortinatges,
y onades hont se miren ses torres d' or y argent.

Allí á sos fills, d' un cèlich esdevenir penyora,
lo dur maneig ensenya de l' arma en lo combat,
com l' áliga á ses filles, envers lo sol que adora,
fa batre l' ala fèrrea que mou la tempestat.

Ab l' art humil de Ceres l' excelsa astronomía
renaix, tanys del gran arbre tallat en Occident;
y fou llavors quant, d' Atlas rellevador, un día,
servá ab dors de montanya lo pes del firmament.

Y al sentir que xuclava la terra ja sos òssos,
de puigs y roques dues columnes aixecá;
y en elles, ab la clava que doná al mar, á troços,
los malehits realmes, escriu: No MÉS ENLLÁ.

CONCLUSIO
COLON

A les paraules del solitari, sent lo genovès náixer un nou món
en sa fantasía. Lo bon anciá li dona ales ab ses avinentes rahons.

Oferiments de Colon á Gènova, Venecia y Portugal. *Lo somni d'*
Isabel. De la válua de les joyes de la Reyna, ell ne compra naus.
Lo vell, desde 'l promontori, lo veu volar á la més gran de les
empreses, y s' extasía devant la esdevenidora grandesa de la
patria.

Fineix als llavis del bon vell l' historia;
y, com dormint lo somni de la gloria,
l' inspirat mariner no li respon;
es que, envolt ab la boyra del misteri,
ab celisties y llum d' altre hemisferi,
dintre sa pensa rodolava un món.

Derrera aqueixa Atlántida enfonzada,
la verge de son cor ell ha ovirada,
com, part d' allá d' un pont, gentil ciutat;
com, derrera d' eix cel, cels més hermosos;
com, derrera eixos astres lluminosos,
lo tabernacle d' or del Increat.

De cara al sol, que 's pon entre purprada
boyrina, com fugint de sa mirada,
sembla haverlo sorprès en son camí,
y cridarli, fent ales de sos braços:
«Espéram, astre; tot seguinte 'ls passos
¡*Fiat!* vull dir al caos ponentí.»

Y en èxtasi exclama: —D' estelada
giravolta la terra coronada;
demá veurèm renaixe 'l sol ponent;
si ab son carro de llum, que 'l cor anyora,
no daura altre pahís fins á la aurora,
¿donchs què hi va á fer, digueu, al Occident?

La mar que á vostres peus dorm y somía
¿no us porta d' altres platges l' armonía?
¿l' ayre no us du perfums del paradís,
ni planyívols sospirs d' una sirena
que busque d' altres braços la cadena,

86

morint d' amor son cor anyoradiç?—

Llavors lo sabi, ab mágiques paraules,
les veritats esbrina que, entre faules,
en rònechs pergamins ha espigolat;
á Plini y á Estrabó fa aurífichs plagis,
retrau de nostre Sèneca 'ls pressagis,
y 'ls somnis y recorts de temps passat.

Compta haver vist, del Occeá entre roques,
de pins desconeguts superbes soques;
y entre 'ls esqueys de l' illa de les Flors
haver deixat l'onada riberenca
dos cadavres de cara vermellenca,
d' algun secret del mar reveladors.

Y, abrassantlo, afegeix:—¿Tu lligarías,
gegant de les derreres profecíes,
de la terra 'ls extrems com d'un mantell?
Missatger del Altíssim, vés; de l' ona,
qui, per tráuret á port, un pal te dona,
per traurhi un mon bé 't donará un vaixell.—

—Sí, me 'l dará,—responli,—y per haverla
dels palaus de Neptú la millor perla,
jo tornaré l' Atlántich á pontar.
Desperta, humanitat; mira ta Eva,
que d' un tálam de flors flayrosa 's lleva;
Adam dels continents, vesla á abraçar.—

Y, com un astre empès per má divina,
á Gènova l' hermosa s' encamina,
del Eden de la terra á dur la clau;
mes ella, com galera desarbrada,
no gosa obrir ses ales á l' ayrada
que l' alçaría més amunt d' hont cau.

Vehent que li tanca Génova la porta,
gira 'ls ulls Venecia, encara forta

per carregá' á sa espatlla un continent;
mes, feta al terratrèmol de la guerra,
òu lo projecte d' aixamplar la terra
com paraules de llengua que no enten.

¡Ay! de sos Dux no es ja la mar esposa,
puix d' altra má més pura y més hermosa
espera rebre 'l nupcial anell.
—Á Iberia torno,—'l Genovès esclama,
y entra en Lisboa quant n'eixía Gama
á Libia á dar lo tom, com á un vaixell.

Á Joan segon oferta 'n fa ilusoria,
que prova, ingrat, de pèndreli la gloria;
y, vehentse en terra 'l mariner perdut,
dels seus somnis pe'l cel busca una estrella,
y, 't veu á tu, Isabel la de Castella,
la reyna de les reynes que hi ha hagut.

Tu sospesares, sola tu, sa pensa;
tu midares d' un colp sa ullada immensa,
y al teu prengué la flama de son front
quant á tes plantes deya:—Gran senyora:
daume, si us plau, navilis, y á bona hora
los tornaré tot remolcant un món.—

SOMNI D' ISABEL

Ella 's posa la má als polsos,
com un ángel mitj rihent;
gira á Ferrant sos ulls dolços,
y així diuli gentilment:

—Al apuntar l' alba clara
d' un colom he somiat;
¡ay! mon cor somía encara
que era eix somni veritat.

Somiava que m' obría

88

la mora Alhambra son cor,
niu de perles y armonía
penjat al cel del amor.

Part de fòra, á voladuries
sospiravan les hurís,
dins l' harem ohint canturies
d' ángels purs del paradís.

Inspirantme en eixos marbres,
jo 't brodava un rich mantell,
quant he vist entre verts arbres
rossejá' un bonich aucell.

Saltant, saltant per la molça,
me donava 'l bon matí;
sa veu era dolça, dolça
com la mel del romaní.

Encisada ab son missatge,
vegí 'm pendre 'l rich anell,
ton anell de prometatge,
d' art moresch florit joyell.

«Aucellet d'aletes blanques,»
li diguí; per mon amor,
tot saltant per eixes branques,
¡ay! no perdas mon tresor.»

Y se 'n vola per los ayres,
y 'l meu cor se 'n vola ab ell;
¡ay, anellet de cent cayres!
¡may t' havía vist tant bell!

Terra enfora, terra enfora,
l' he seguit fins á la mar;
quant del mar fuy á la vora
m' asseguí trista á plorar.

Puix de veure ja 'l perdía,
y ¡ay, llavors com relluhí!
Semblá que al naixe 's ponía
l' estel viu del dematí.

Quant en ones ponentines
deixá caure l' anell d' or,
d' hont, com sílfides y ondines,
veig sortirne illes en flor.

Semblava als raigs del mitjdía,
d' esmeragdes y rubins,
petit cel de poesía
fer per má de serafins.

Ell, cantant himnes de festa,
una garlanda ha teixit;
m' en corona humil la testa,
quant lo goig m' ha deixondit.

Aqueix colom es qui 'ns parla,
missatger que 'ns ve de Deu;
car espòs, hem de trobarla
l' India hermosa del cor meu.

Vetaquí, Colon, mes joyes;
compra, compra alades naus;
jo m' ornaré ab bonicoyes
violetes y capblaus.—

Diu: y d' anells y arracades
se despulla, ab mans nevades,
com de ses perles un cel;
riu y plora ell d' alegría,
y, ab son cor en armonía,
perles ¡ay! de més valía
lliscan dels ulls d' Isabel.

Ensemps aguayta 'l sol dintre l' Alhambra,

y ab son raig amorós umple la cambra,
crostada d' or, topacis y safís;
y, desclouhentse en refracció ilusoria,
enrotlla als tres l' aurèola de gloria,
qu 'es l' ombra dels elets del paradís.

Troba Colon navilis, y en llur tosca
ala afrontant, magnánim, la mar fosca,
l' humanitat li dona 'l nom de *boig*;
al Geni que la duya, en sa volada,
de promissió á la terra somiada,
com Moisès per les aygues del Mar Roig.

Lo sabi anciá, que desde un cim l' ovira,
sent extremir lo cor com una lira;
veu á l' Ángel d' Espanya, hermós y bell,
que ahí' ab ses ales d' or cubrí á Granada,
aixamplarles avuy com l' estelada
y ferne l' ampla terra son mantell.

Veu morgonar ab l' espanyol imperi
l' arbre sant de la Creu á altre hemisferi,
y 'l món á la seva ombra reflorir;
encarnarshi del cel la sabiesa;
y diu á qui s' enlayra á sa escomesa:
—¡Vola, Colon,... ara jo puch morir!—

Also available from JiaHu Books:

Terra baixa - Àngel Guimerà
Cantares gallegos - Rosalía de Castro
Os Lusíadas - Luís Vaz de Camões
Il Principe - The Prince - Italian/English Bilingual Text -
Niccolo Machiavelli
The Social Contract (French-English Text) - Jean-Jacques
Rousseau
Lettres persanes/Persian Letters (French-English
Bilingual Text) - Charles-Louis de Secondat Montesquieu
What is Property? - French/English Bilingual Text -
Pierre-Joseph Proudhon
Manifest der Kommunistischen Partei Manifesto of the
Communist Party (German/English Bilingual Text)- Karl Marx
Also sprach Zarathustra/Thus Spoke Zarathustra -
Friedrich Nietzsche
Jenseits von Gut und Böse/Beyond Good and Evil
(German/English Bilingual Text) - Friedrich Nietzsche
Die Verwandlung – Metamorphosis - Franz Kafka
Det går an - Carl Jonas Love Almqvist
Drottningens Juvelsmycke - Carl Jonas Love Almqvist
Röda rummet – August Strindberg
Fröken Julie/Fadren/Ett dromspel - August Strindberg
Brand -Henrik Ibsen
Et Dukkhjem – Henrik Ibsen
(Norwegian/English Bilingual text also available)
Peer Gynt – Henrik Ibsen
Hærmændene på Helgeland – Henrik Ibsen
Fru Inger til Østråt -Henrik Ibsen
Synnøve Solbakken - Bjørnstjerne Bjørnson
The Little Mermaid and Other Stories (Danish/English
Texts) - Hans-Christian Andersen
Egils Saga (Old Norse and Icelandic)
Brennu-Njáls saga (Icelandic)
Laxdæla Saga (Icelandic)
Die vlakte en andere gedigte (Afrikaans) - Jan F.E. Celliers

www.ingramcontent.com/pod-product-compliance
Lightning Source LLC
Chambersburg PA
CBHW021128130626
46554CB00002B/914